AF328198

Collection des Romans Populaires
L'Ermite du St Gothard
par
M. O'Betnor
5, Rue Bayard, Paris

# L'ERMITE DU SAINT-GOTHARD

## par O'BETNOR

## I

### DE CHARYBDE EN SCYLLA

A l'aube du mercredi 4 septembre 1799, deux jeunes hommes chevauchaient sur la route qui conduit de Baden à Zurich.

Ils portaient le costume français des officiers de l'époque : habit à longues basques, avec un gros collet à larges revers bordés d'or, boutons d'or, pantalon blanc, bottes à l'écuyère.

La brume emperlait de fines gouttelettes leurs bicornes ornés d'une cocarde tricolore.

Ils n'avaient pour armes qu'une épée de parade et deux pistolets d'arçon suspendus à une ceinture étroite.

Gaston Chavernay et Jacques Désaillards n'étaient soldats que par nécessité.

Ils ne paraissaient pas très habiles cavaliers ; leurs bottes étaient munies d'éperons parfaitement inutiles, et c'était surtout pour se ménager qu'ils ménageaient leurs montures.

Un épais brouillard, avec ses traînantes volutes, masquait d'un rideau mobile les hautes montagnes de l'Albis et de l'Uetliberg.

Grands tous deux et d'une étonnante pureté de lignes, ils portaient de longs cheveux, tressés en une simple natte qui leur retombait entre les épaules, selon une coutume que Napoléon devait avoir tant de peine à détruire.

La rude atmosphère des camps n'avait pas encore hâlé leurs joues ni bruni leur visage.

La loi de la conscription militaire, que Jourdan avait fait voter l'année précédente, et l'appel sous les drapeaux de deux cent mille hommes les avaient arrachés à leurs études de médecine dont l'Ecole venait d'être relevée à l'instigation de Fourcroy.

Ils avaient pu devancer l'époque de leur départ et obtenir un brevet de sous-aide, signé Coste et Bernadotte.

Gaston était brun ; une moustache fine et bien lissée cachait ses lèvres minces. Ses grands yeux noirs brillaient d'un éclat particulier et plongeaient, à travers la brume, dans l'imprécision d'une enchanteresse rêverie.

Jacques était blond ; il avait les cheveux bouclés, soyeux et doux comme ceux d'une femme. Sa moustache était à peine naissante. Une flamme sortait de ses grands yeux bleus, et son regard était ardent et loyal.

— Oui, dit Gaston, sortant de son rêve, chaque conscrit porte dans son sac son bâton de maréchal.

Jacques avait souri :

— Quelques-uns peut-être ;.... mais si peu nombreux, qu'il ne faut guère se bercer d'illusions. Aujourd'hui Masséna a soixante-dix mille hommes sous ses ordres.....

— Soixante-quinze mille, rectifia Gaston..... ; en nous comptant.....

— Soixante-quinze mille, soit..... Eh bien ! Il y a soixante-quatorze mille neuf cent quatre-vingt-dix-neuf conscrits qui, après avoir fouillé leur sac, ont découvert que le bâton n'y était pas..... et ils n'en sont ni moins fiers ni moins braves !

— Parce qu'ils n'ont rien là ni rien ici.....

Et Chavernay montrait son front et sa poitrine.

— Tu es bien sévère pour eux..... Soldats qui se battent sans gloire, défendent la patrie, lui font un rempart de leurs vaillantes poitrines..... et dont tu fais partie, du reste.....

— La Révolution n'a-t-elle pas supprimé tous les privilèges ?

— Pour en rétablir d'autres..... ! et plus monstrueux..... !

— Mais aujourd'hui les premiers grades sont accessibles à tous.

— A tous ceux qui montrent « patte blanche ».... ou plutôt « patte rouge ».... et encore.....

— Et encore ? Quoi..... !

— Eh bien ! pour cinq ou six hommes qui priment et qui commandent, il y en a nécessairement cent mille qui sont primés et commandés.

— Moi..... entends-tu, Jacques, je veux être et je serai parmi ces cinq ou six-là.

— Ambitieux !

— Ambitieux..... ? non..... Pratique, oui..... !

— Vouloir, c'est facile..... pouvoir, c'est autre chose.

— Ici-bas, on est tondeur ou tondu..... C'est le sort de l'individu dans notre société mal rebâtie..... Je préfère le sort du tondeur.... A lui richesses, gloire et honneurs..... et ce sont les trois portes du paradis sur cette terre.....

— Mais il n'y a pas que la terre.....

— Jacques, dit Chavernay, changeant de conversation, je commence à devenir inquiet.....

Nous n'avons pas rencontré un seul soldat français sur notre chemin.

— Nous avons dû nous tromper de route.

— Alors ce serait ce maudit brouillard.....

— Vois donc toutes ces ruines... les maisons sont désertes, saccagées... en voici de brûlées.

— On s'est battu par ici.....

Le brouillard s'était lentement dissipé, mais il léchait toujours les collines environnantes et dessinait, sur leurs crêtes arrondies, des formes fantastiques et de fabuleuses arabesques.

Peu à peu il avait disparu et dégagé les flancs sévères de l'Albis et ceux de l'Uetliberg richement boisés, tandis que, dans la vallée, tout restait flou encore.

Mais Chavernay ni Désallards n'admiraient pas toutes ces merveilles... Un autre sentiment agitait leur cœur !

— En ce temps de guerre, les chemins ne sont pas sûrs, dit Jacques. Ce n'est pas seulement l'ennemi que je redoute, ce sont aussi et surtout ces bandes de pillards qui, comme des oiseaux de proie, suivent les armées pas à pas et se livrent à toute espèce de brigandage.

— Quittons la route, je n'envie pas le sort de Bonnet ni de Roberjot, pas même celui de Jean Debry.

Les deux sous-aides faisaient allusion à un incident fort grave qui s'était passé quelques mois auparavant.

Les trois plénipotentiaires français envoyés au Congrès de Rastadt pour y traiter de la paix avaient été attaqués, un soir, à quelques lieues de cette ville, non loin des rives du Rhin, presque aux portes de France.

Ils s'étaient mis sur la défensive, mais, en peu de temps, il étaient tombés sous les coups de leurs agresseurs.

Bonnet et Roberjot avaient été tués ; Jean Debry, protégé par un tronc d'arbre, n'avait été que blessé et avait pu rentrer dans sa patrie.

On avait accusé les Autrichiens..... Ils s'en étaient défendus.

Mais cela prouvait que les routes n'étaient pas sûres.

Les deux cavaliers entrèrent sous bois.

La dévastation était plus grande encore : les arbustes étaient arrachés ; les jeunes arbres cassés ; les plus gros avaient leurs branches pendantes et desséchées, leurs écorces meurtries, labourées par les balles et les obus ; les rochers, brisés par les boulets, avaient volé en éclats.

Là, on avait dû se battre avec acharnement.

— Faut-il aller de l'avant ou revenir en arrière ? dit Gaston.

— Restons ici ; déjeunons à l'abri de ce rocher et attendons les événements.

A vingt ans, on ne vit pas seulement d'amour et d'eau fraîche, et l'inquiétude n'empêche pas d'avoir faim.

L'air vif de la montagne les avait mis en appétit, et les deux jeunes gens eurent bientôt fait disparaître les provisions que, à tout hasard, ils avaient emportées le matin.

Les chevaux furent attachés. L'herbe était épaisse, et ils purent trouver une pâture abondante.

Gaston s'était replongé dans sa rêverie et semblait écouter la joyeuse fanfare de ses espérances dorées.

Jacques avait oublié sa prière du matin. Le souvenir lui en vint brusquement à l'esprit. Aussitôt après son repas, il se remettait à genoux.

Le visage tourné du côté de la France, où il avait laissé sa mère et ses sœurs, il priait Dieu de consoler celles qu'il aimait et dont il était ardemment aimé.

Soudain, un coup de feu éclate, bientôt suivi d'un second.

Puis un cri de femme :

— A moi, les Français, à moi !

Mus comme par un ressort, les deux jeunes gens sont déjà debout, un pistolet à chaque main.

— Des Françaises en péril... ! En avant... !

— En avant... ! s'écrie Jacques.

— En avant... ! dit Gaston.

A cinquante pas, un spectacle, ou plutôt un drame, apparaît brusquement à leurs regards :

A leurs pieds, la route avait été creusée dans le granit. Le rocher se dressait et s'élevait comme un mur d'environ deux mètres de hauteur.

De l'autre côté du chemin, c'était la forêt qui descendait rapidement pour aller s'enfouir dans un ravin et remonter, là-bas, jusqu'au sommet de la montagne voisine.

Une charrette était arrêtée, entourée par une bande de malandrins.

L'un d'eux retenait par le mors le cheval qui essayait inutilement de se cabrer.

D'autres, sans ordre, assiégeaient la voiture et de tous les côtés à la fois.

Deux femmes luttaient avec énergie et opiniâtreté.

Elles tenaient par le canon un long pistolet déchargé, et se servaient de la crosse comme d'un casse-tête.

Un énorme chien du Saint-Bernard, le poil hérissé, la gueule sanglante, étranglait de sa mâchoire formidable un des bandits qui avait essayé de monter en arrière.

Les malandrins s'agitaient, hurlaient, blasphémaient.

Déjà deux d'entre eux, le crâne défoncé, gisaient à terre, à côté de deux autres, tués par la décharge des armes à feu.

Leur sang, qui coulait en abondance, avait rougi la poussière de la route.

Les bandits, en nombre, se croyaient déjà vainqueurs des deux femmes.

Mais cette lutte étrange continuait acharnée, et les deux Françaises n'avaient pas envie de se rendre.

— Tiens bon, Simone ! tiens bon ! Frappe sans crainte ! dit l'aînée à la plus jeune, tandis que, d'un coup de crosse, elle se débarrasse d'un pillard qui vient de la saisir par les jambes.

— Hardi ! Bataille ! Hardi ! crie-t-elle à son chien.

Tout à coup, soulevée par deux bras vigoureux, elle tombe au fond de la voiture.

— Tante Victoire ! Tante Victoire ! où êtes-vous ? gémit Simone, emportée par deux bandits.

Le chien, les jarrets ramassés, l'œil sanglant, s'acharne à la gorge d'un malfaiteur.

— Français ! [illegible] !
Tante Victoire avait lâché son au hasard, voulant intimider ses agresseurs, et sa voix avait éclaté comme un tonnerre.

À son commandement, deux coups de feu retentissent.

Les deux bandits qui enlevaient Simone, tués à bout portant, lâchent prise et s'abattent lourdement sur le sol, entraînant la jeune fille dans leur chute.

Deux autres coups de feu délivrent tante Victoire à son tour.

Elle se relève, cherche du regard sa compagne ; alors, d'une voix épouvantée :

— Simone ! Simone ! où es-tu ?

Mais Simone, étendue sur la route, ne répondait pas.

Bataille restait muet.

Stupéfaite, elle lève alors les yeux et voit les deux sous-aides.

— En avant... ! dit-elle ! À la baïonnette... ! balayez tous ces malandrins.

— En avant... ! reprend Gaston.

— À la baïonnette... ! continue Jacques.

Mais les bandits avaient déjà pris la fuite, épouvantés par ces Français, qui avaient, à l'improviste, surgi au-dessus de leurs têtes.

Ils avaient descendu la côte et disparu sous bois, abandonnant leurs morts et leurs blessés, qui hurlaient lamentablement.

Simone s'était relevée, rougissante et confuse... Elle souriait aux jeunes gens... C'était son seul remerciement... De sa gorge oppressée et haletante, les mots ne pouvaient sortir.

— Combien êtes-vous ? demanda tante Victoire à ses libérateurs.

— Deux, répond Jacques.

— Que faites-vous là ?

— Nous allons à Bremgarten rejoindre la 106e demi-brigade de bataille.

— Vous vous êtes trompés de chemin ! vous êtes sur la route de Zurich et entre deux postes ennemis. En avant, à une petite lieue d'ici, c'est Hongg, où les Russes ont établi un camp. En arrière, c'est Closter-Fahr qu'ils gardent avec un bataillon.

— Nous nous sommes égarés dans le brouillard.

— Et c'est lui qui vous a sauvés... Mais nous sommes encore en danger... Rechargez vos armes, montez avec nous... et au reste... nous aussi, nous allons à Bremgarten.

— Et nos chevaux ?

— Où sont-ils ?

— Là, à côté.

— Allez les prendre, descendez sur la route... et suivez-moi... le pistolet au poing, prêts à tirer au premier signal. Nous pouvons être enveloppés par les Russes... Quelle imprudence... ! et en uniforme encore...

Tout en disant ces mots que les sous-aides n'entendaient plus, elle était descendue de voiture et s'empressait auprès de Simone, qui, tout émue et toute tremblante, n'avait plus de sourire sur ses lèvres pâlies.

Elle n'avait aucune blessure... une petite égratignure qu'elle s'était faite au genou, en tombant... c'était tout.

Les deux femmes avaient rapidement réparé le désordre de leur toilette et étaient remontées en voiture. Tante Victoire avait rechargé ses pistolets, pris les guides, et s'apprêtait à repartir.

Les jeunes gens avaient couru à leurs chevaux et les ramenaient à la bride.

Le chien, encore surexcité, avec un sourd grognement s'élançait contre eux.

— Ici, Bataille, ici... ! dit impérieusement tante Victoire, ce sont des amis...

Jacques et Gaston remontèrent à cheval ; puis, sur un signe donné, voiture et cavaliers, précédés de Bataille, descendirent la côte à bride abattue.

Le danger passé et surtout celui qui menaçait encore imposait le silence... et personne du reste ne songeait à le rompre.

Tout en galopant, Désallards et Chavernay contemplaient les voyageuses.

Elles portaient toutes deux le costume du pays : un corsage de velours noir, largement échancré, laissait apercevoir une chemise blanche, à petits plis, avec des manches bouillonnées.

Une ceinture serrait à leur taille une courte jupe de laine bleue, laissant voir des bas blancs et des souliers à petites boucles.

Deux chaînettes d'argent, fixées en arrière et passant par-dessus leurs épaules, venaient retomber sur la poitrine.

Le chapeau de paille de Simone était orné de quelques fleurs rouges ; celui de sa compagne, d'un simple ruban noir.

Tante Victoire, malgré ses cheveux blancs, paraissait jeune encore.

La neige de son opulente chevelure encadrait sans la vieillir une figure énergique, qu'adoucissait un sourire plein de bonté. Son œil noir, ombragé de longs cils et sous un sourcil d'une courbure délicieuse, regardait droit et paraissait lire jusqu'au fond du cœur.

Et pourtant, on n'y trouvait rien de dur ni rien de provocant.

Son front était large, sans ride ; son visage, au teint mat, était d'un ovale parfait, un peu arrondi par un léger embonpoint, sa bouche plutôt petite, sa lèvre supérieure comme estompée d'un duvet embruni, son nez droit, sa parole brève et douce.

Elle semblait habituée à commander.

Assise sur la banquette de la voiture, elle tenait les rênes de la main gauche et de la droite son pistolet rechargé.

Elle fouillait du regard les dessous de la forêt.

Malgré la lutte qu'elle venait de soutenir, elle paraissait tout à fait calme et complètement maîtresse d'elle-même.

En la voyant digne et droite sur son siège, avec une taille élégante, on eût dit une reine ; en l'approchant, on devinait une mère.

Simone paraissait dans tout l'éclat de la jeunesse.

Sa taille était d'une exquise souplesse, fine et bien cambrée dans son corsage de velours.

Ses cheveux noirs, que la lutte avait déroulés, flottaient en boucles épaisses sur ses épaules.

C'était tante Victoire, dans toute sa juvénile beauté, mais avec des yeux d'un bleu sombre et frangés de soie.

L'émotion avait enflammé son visage, et sa

poitrine se soulevait en des mouvements précipités.

Elle se serrait contre sa compagne, et son
regard, débordant de reconnaissance, semblait
quêter encore aide et protection à Jacques qui
galopait de son côté.

Le soleil commençait à devenir ardent.

La sueur coulait sur le front des deux cavaliers, peu habitués à ce genre d'exercice.

La course échevelée durait déjà depuis
quelque temps, au milieu d'un tourbillon de
poussière, lorsque tante Victoire prit à gauche
un chemin creux bordé de haies qui, à travers
une prairie, conduisait sur les bords de la
Limmat.

L'herbe amortissait le bruit du pas des chevaux et du roulement de la voiture.

— Attention ! dit tante Victoire... descendez
de cheval... effaçons-nous derrière chaque buisson... Nous voici à Closter-Farh... il s'agit d'arriver jusqu'à la rivière sans être aperçus. Elle
coule encaissée profondément entre deux rives
à pic, et le seul point où le passage peut s'ef-
fectuer, le voici... mais il est gardé par les
Russes.

On avança avec précaution.

Bientôt, derrière un bouquet d'arbres, la Limmat apparaît. Ses eaux pures, abondantes, rapides, courent avec un bruissement sonore,
toutes pétillantes d'écume.

Un groupe de grenadiers français attendait
les voyageuses, l'arme au pied, sous les ordres
du capitaine Chauvigné, père de Simone et
frère de tante Victoire.

C'était d'abord le sergent Michaud, avec sa
figure coupée en deux par une large cicatrice,
et qui portait fièrement ses galons d'or fraîche-
ment renouvelés.

Venaient ensuite les caporaux Poirrier et
Pichon, avec, sur leurs manches, des rubans de
laine rouge que le temps, la pluie et la fumée
de la poudre avaient presque noircis ; puis
Quantin, aux moustaches énormes, et Vermorin,
au nez bourgeonné.

Les autres étaient des jeunes gens, la plupart
imberbes, qui avaient été arrachés à leurs foyers
par la conscription et habillés à la hâte avec
de vieux uniformes.

Mais pas une tache sur les capotes rapiécées ;
les souliers usés reluisaient au soleil, les cha-
peaux bons pour la réforme étaient ornés d'une
cocarde neuve aux trois couleurs.

Le havresac, découpé en carré, qu'ils avaient
sur le dos, dessinait les formes appétissantes
d'une miche et d'une gamelle.

Tante Victoire les considère en silence et
paraît satisfaite de son examen.

Mais Bataille fait entendre un sourd gronde-
dent et s'élance en avant.

— Voici l'ennemi ! et en nombre ! dit à voix
basse et sans paraître émue la sœur du capitaine.

Un grand bac se balançait sur la rivière ; un
câble relié aux deux rives permettait de traverser rapidement.

— Passons vite ! dit le capitaine à voix basse
en regardant les deux sous-aides d'un air profondément surpris.

Les soldats avaient déjà installé sur le bac la
voiture et les chevaux.

— Père ! c'était Simone, les voici... montez... !
montez... ! vite !

En effet, le bataillon russe tout entier avançait rapidement et en ordre de bataille.

— Michaud, Poirrier, Pichon, Vermorin,
Quantin !

— Présents !

— Mettez-vous en embuscade derrière ce
rocher... et si l'ennemi devient trop curieux...
chacun le vôtre... Et vous... embarquez ! !

Tout le monde obéit.

— Pressons... ! mais du sang-froid... ! Ne
craignez rien... le Russe ne sait pas tirer... et il
aura le soleil dans les yeux !

L'ennemi avançait toujours.

— Feu ! gronde le capitaine.

Cinq Russes tombent foudroyés.

— Embarquez à votre tour.

Le sergent et ses compagnons sont déjà sur
le radeau.

Le capitaine, précédé de Bataille, monte le
dernier.

— Six fusils chargés !

Six conscrits tendent leurs armes.

— Chacun le nôtre, dit l'officier aux tirailleurs...

Puis il ajoute vivement :

— Au câble... tout le monde... ! et de l'ensemble... ! Hisse !

La corde se tend brusquement, et, sous cette
impulsion vigoureuse, le bac avance au milieu
des eaux qui se couvrent d'écume.

Soudain l'ennemi débouche au pas accéléré...
et, sur un signe de leur chef, leurs fusils se
lèvent... et une décharge formidable retentit...

Simone jette un cri d'effroi et se bouche les
oreilles.

Quelques conscrits baissent le front et saluent
les balles qui sifflent au-dessus de leurs têtes.

Mais personne n'a été touché.

— Maladroits ! murmure le capitaine.

Le Russe était brave jusqu'à l'insouciance. Il
donnait la mort et la recevait sans émotion.

En rase campagne, son énergie lui suffisait :
il marchait droit à l'ennemi et au danger.

Dans un corps-à-corps, c'était un ennemi terrible ; mais il ne savait pas manier son fusil et
était très mauvais tireur.

Sur un ordre donné, l'un d'eux, une hache à
la main, s'avance vivement pour couper le câble.

C'était la mort pour tous les passagers !

— A mon tour ! dit le capitaine.

Il vise lentement... un éclair brille... un coup
de feu éclate... et le Russe tombe, la tête fracassée.

Et sous l'effort rythmé des conscrits, des sous-
aides et de tante Victoire, le bac avance avec
rapidité.

Sur le rivage, un autre ennemi a déjà repris
la place du premier.

— Michaud... ! attention... ! et vise au cœur.

La hache, dans la main du soldat, maniée
avec vigueur, allait redescendre...

— Feu... !

Et il alla rejoindre son compagnon.

De tous les points de la rive opposée accourent des soldats français, attirés par le bruit des
détonations.

Un troisième Russe avait pris la place des
deux premiers...

Le bac allait atterrir au milieu des arbres de la forêt qui se miraient dans les eaux du fleuve.

— Laissez couper... cela nous évitera la peine de le faire nous-mêmes.

D'un seul coup, la corde fut tranchée... Mais l'ouvrier paya de sa vie l'œuvre qu'il venait d'accomplir...

Pichon avait voulu décharger son arme.

Le soir même, le poste de Closter-Farh fut augmenté de deux nouveaux bataillons.

## II

### AVEC LA FOI

Tout le monde avait débarqué.

Simone, sans voix, était dans les bras de son père, le capitaine Chauvigné.

Ses nerfs, surexcités jusque-là par la lutte et le danger, venaient de se détendre, et elle sanglotait, secouée toute comme par un spasme.

Tante Victoire était environnée par les soldats joyeux...

Tous l'interrogeaient, et tous parlaient à la fois... On eût dit des enfants autour de leur mère.

— Allons, mes braves ! dit-elle... après déjeuner, en regagnant Bremgarten, je vous raconterai nos aventures... elles vous intéresseront.

Jacques et Gaston tenaient leurs chevaux à la bride... Ils paraissaient embarrassés et restaient étrangers à ces deux scènes de famille.

Tante Victoire s'en aperçut :

— Deux hommes, dit-elle.

Aubin et Jollivet, deux conscrits joufflus, s'avancèrent.

— Tenez les chevaux des deux majors.

Puis, prenant ceux-ci par le bras, elle les conduisit au père de Simone :

— Nos sauveurs, dit-elle.

Puis, se tournant vers les sous-aides :

— Le capitaine Chauvigné, mon frère.

Leur bicorne à la main, les jeunes gens s'étaient inclinés.

— Permettez-nous de nous présenter nous-mêmes : voici Gaston Chavernay, mon ami d'enfance,

— Et Jacques Désallards, mon camarade.

— « Ami d'enfance... » « Camarade... » question de sentiment, dit tout bas l'officier à sa sœur, en les considérant tour à tour.

— Et tous deux sous-aides-majors à la 106e demi-brigade, division Gazan.

— La nôtre, mon père, murmura Simone entre deux sanglots.

— La nôtre, Messieurs, et vous n'avez qu'à venir avec nous pour rejoindre Bremgarten où nous allons, et pour trouver le major qui vous attend.

— C'est de grand cœur, capitaine, que nous acceptons de voyager en votre compagnie.

— Ils nous ont arrachées, dit tante Victoire, aux mains d'une bande de pillards. Nous avons été attaquées entre Hongg et Closter-Farh.

Et en quelques mots elle mit son frère au courant du péril qu'elles avaient couru.

— Enchanté de faire, et dès aujourd'hui, la connaissance de deux braves. C'est votre courage, dit-il, en leur tendant les mains, qui m'a conservé ce que j'ai de plus cher au monde : ma fille et ma sœur.

— Capitaine, dit Jacques, nous sommes encore les débiteurs de ces dames : nous n'avons pas couru grand danger en les délivrant... tandis qu'en les accompagnant jusqu'ici nous les exposions à des périls nouveaux.

— Et de plus, sans elles, nous allions nous livrer à l'ennemi, vers lequel le brouillard nous conduisait tout droit... et aussi notre étourderie, ajoutait Gaston avec vivacité.

En ce moment, Michaud s'avançait, et avec un air de familiarité amie il disait en tordant sa moustache, d'un geste qui lui était habituel :

— Tante la Victoire est servie.

Sur l'herbe, à l'ombre d'un chêne, un repas froid était préparé.

Tout le monde, officiers et soldats, y prit part et y fit honneur.

— Et vous arrivez aujourd'hui ? demanda le capitaine aux deux sous-aides.

— C'est notre dernier jour de liberté... soupira Chavernay avec tristesse.

— Quel changement dans notre existence ! Une semaine s'est à peine écoulée, depuis que nous avons quitté la France, dit Jacques.

— Rêvant la fortune et la gloire, ajoutait son ami, dont le caractère reprenait le dessus.

— De la gloire, disait Michaud aux soldats, nous avons à en revendre... mais pour la fortune... c'est autre chose...

— On ne nous paye pas tant seulement de quoi boire un petit verre de temps en temps, et nous sommes réduits à avaler de l'eau... et l'eau triche, répliquait d'un gros rire jovial le « nez bourgeonné » ;

— Oh ! toi, Vermorin, tu te brindezingues un peu trop souvent ! répondait Poirrier le caporal.

— Faudrait pourtant pas ça, appuyait son confrère Pichon.

— Je sens en moi, poursuivait Gaston, comme un pressentiment des grandes choses que l'honneur peut me faire accomplir.

Et il soulignait ses paroles d'un grand geste... son œil noir jetait des flammes.

— L'honneur est un grand mobile... on peut dire que c'est lui qui conduit nos bataillons à la victoire, répondait le capitaine Chauvigné.

— Ça, c'est vrai, disait Michaud, dont la cicatrice se teintait en mauve, signe de joie intérieure.

— N'est-ce pas, capitaine ?

Et Gaston était triomphant : il paraissait écraser Jacques de tout l'appui que l'officier lui donnait : n'est-ce pas que seul l'honneur suffit pour faire de nous des héros, comme la conscience suffit pour faire des hommes de vertu... ? L'honneur, à nous Français, c'est notre drapeau... ! L'honneur, c'est la cuirasse du soldat.

Les hommes debout avaient fait entendre un murmure approbateur.

— Entendez-vous, clampins ? disait aux soldats Michaud enthousiasmé, en tortillant avec frénésie sa longue moustache... Entendez-vous, clampins, l'honneur... la v'là !

— Cuirasse, oh ! oui, l'honneur en est une, soupirait le capitaine, et comme pour chasser des souvenirs qui lui revenaient en foule, il passait la main sur son front... mais, major, rappelez-vous que cette cuirasse-là n'est pas à l'épreuve des balles...

Jacques reprenait aussitôt :

— L'honneur ainsi que la conscience sont deux puissants mobiles. Le premier nous montre nos droits, le second nos devoirs. Mais ces deux sentiments sont nés de la religion chrétienne. Arrachez l'arbre, les fruits disparaissent. Sans l'existence d'un Dieu juge, la conscience n'existe plus ; et l'honneur n'est plus qu'orgueil lorsqu'il n'est pas chrétien. Or, l'orgueil, qui est le premier et le pire de tous les vices, est contraire à tout ce qui est noble, grand, chevaleresque, héroïque !

Et Jacques s'échauffait. Tante Victoire le contemplait avec une admiration qu'elle ne pensait même pas à dissimuler.

Les soldats, debout, heureux d'être admis à entendre leurs chefs parler ensemble, ne pensaient même plus à manger.

— Sur le drapeau, poursuivait Désallards, il y a « Honneur et Patrie ». Pour entraîner le guerrier à la mort, le premier sentiment ne suffit donc pas. Il a fallu en ajouter un autre et plus vigoureux... j'allais dire divin. La « Patrie »... ! mais c'est le rayonnement et le prolongement de la paternité souveraine. Elle est la terre qui a nourri nos aïeux, qui nourrira nos descendants, après nous avoir nourris nous-mêmes... C'est elle qui nous a donné notre chair et notre sang... et c'est elle, — et non l'honneur — qui a le droit de nous redemander ce qui vient d'elle : notre sang et notre chair. Alors le mot « Patrie » donne une puissance au mot « Honneur » et une signification. Leur union rend les soldats invincibles. Or, il y a d'autres champs de bataille plus intimes, où, pour devenir un héros, le mot de patrie ne suffit plus... Il faut autre chose que l'image, il faut la réalité... il faut Dieu. Ah ! je comprends la conscience et l'honneur avec « Lui » à la base... Sans « Lui », il n'y a plus ni conscience ni honneur... il n'y a plus ni courage ni vertu.

Simone contemplait Jacques dans un silence extatique ; tout son être frémissait... sa poitrine se soulevait violemment et ses yeux s'emplissaient de larmes.

— Je ne comprends pas tout cela, moi, sergent, disait Jollivet.

— C'est que, vois-tu, conscrit... c'est mon avis, ça... puis faudrait voir à te taire et garder ta langue pour une meilleure occasion !

— Monsieur Désallards, dit le capitaine, vous avez reçu une éducation profondément chrétienne, et c'est rare dans les temps troublés où nous vivons.

— Mais Gaston aussi !

— Oui. Seulement moi... j'ai su me mettre au-dessus de ces vieux préjugés.

— Oh ! déjà, soupira le capitaine.

— Ne parle pas de la sorte, Gaston... tu ne dis pas ce que tu penses... Tu te fais incrédule par bravade... et tu te fais une gloire de ta déchéance... Tu répètes, comme un perroquet, les leçons de Cabanis qui professe le matérialisme au lieu de faire ses cours de médecine.

— Allons, jeunes gens, levons-nous et partons... Bremgarten n'est pas très loin d'ici ; mais il faut du temps pour parcourir le chemin qui y mène... Il est comme celui de la vie... que de traverses pour en atteindre le but !... Vous vieillirez tous les deux... et tous les deux vous serez assaillis par les épreuves... Et je vous attends, Monsieur Chavernay, dans vingt ans d'ici... !

L'attente, hélas ! devait être moins longue. Vingt jours devaient suffire !... La compagnie se mit en marche.

On laissa Dietikon sur la droite, l'Uetliberg et les montagnes de l'Albis sur la gauche, et, par une charrière sous bois, on se dirigea vers Bremgarten.

Le capitaine, Simone, qui lui donnait le bras, et les deux sous-aides ouvraient la marche, suivis de près par la voiture qui montait à vide. Les chevaux de Jacques et de Gaston venaient ensuite, conduits par deux hommes.

Le reste de la troupe environnait tante Victoire, qui racontait aux soldats et en détail les péripéties de son voyage.

— La Providence vous a gardés, répondait Chauvigné aux jeunes gens, vous deviez nécessairement tomber entre les mains de l'ennemi. Mais l'archiduc Charles vient de quitter les bords de la Limmat pour passer sur le Rhin... Trois jours plus tôt et vous étiez pris.

Et le capitaine, avec l'entrain du soldat et la science du métier, racontait les événements militaires qui s'étaient déroulés depuis trois mois.

Les Autrichiens avaient débouché avec deux colonnes de chaque côté du lac de Constance et étaient venus nous attaquer dans nos positions.

La lutte avait duré deux jours, le 3 et le 4 juin.

Elle avait été chaude sur tout le parcours de la Limmat.

L'armée française, quoique victorieuse, avait cependant franchi la rivière et abandonné Zurich aux Russes qui s'y étaient établis.

Au milieu de tant de mouvements imprévus et précipités, Chauvigné avait laissé Simone en pension dans une des rares familles chrétiennes de cette ville, où elle achevait son éducation.

— Jusqu'à présent je la trouvais bien là, et elle devait y rester encore quelque temps... Mais les choses ont changé... d'ici peu il y aura du grabuge de ce côté-là.

— Oh ! père, si vous étiez venu me chercher, les bandits n'auraient pas osé...

— Je ne le pouvais pas moi-même... ma liberté eût été le prix de mon audace.

— Vivent les carabins ! criaient les soldats au récit de tante Victoire.

— Carabins ! dit Gaston, froissé de ce terme de mépris en regardant le capitaine.

— Ne vous choquez pas... ils sont bien loin d'avoir voulu vous offenser...

— C'est peut-être une marque de sympathie ? répliqua-t-il d'un air pincé.

— Certainement ! Ces hommes-là donneraient tous leur vie pour ma sœur... et ils vous sont reconnaissants de ce que vous avez fait pour elle... Aimez-les bien, vous n'aurez pas affaire à des ingrats.

— Faut-il compter sur la reconnaissance... ? Tout pour soi... rien pour les autres... c'est la devise du jour... et de l'humanité tout entière, du reste.

— A Paris... oui... mais la politique n'entre pas ici... le jacobinisme est inconnu dans nos rangs. Entre les chefs et les soldats, il y a

une estime et ... réciproques qui en-
traînent une certaine familiarité de bon aloi. Par
les dangers que nous avons courus en commun
nous nous sommes éprouvés. Nous nous con-
naissons à fond, et nous pouvons compter les
uns sur les autres... jusqu'à la mort.

Le chemin se resserrait : Jacques et Simone
laissèrent passer le capitaine et Gaston qui ne
le quittait plus.

Les deux jeunes gens gardèrent un instant le
silence, embarrassés de se trouver seuls.

— Dis donc, Jollivet, demandait Vermorin
toujours gouailleur, combien as-tu de frères ?

— J'en ai trois !

— Farceur ! et ta sœur en a quatre ! Comment arranges-tu cela ?

Tante Victoire donna le signal du rire... Et
parmi les soldats ce fut un brouhaha de lazzis
étourdissants qui empêcha Jollivet de répondre.

— Votre tante, dit Jacques, a l'air d'une
grand'maman au milieu d'eux. Est-ce que sa vie
se passe dans les camps ?

— Depuis un an seulement. Avant 93, elle
était à Paris, chez les Filles de Monsieur Vincent. Depuis la mort de ma mère, que je n'ai
jamais connue, c'est elle qui m'a élevée et qui
a fait mon éducation. Mon père, resté seul,
s'est engagé en 92, emmenant avec lui Michaud,
le fils de son fermier.

J'avais douze ans, lorsque sa communauté fut
obligée de se dissoudre.

Ma tante a quitté son habit de religion, a pris
un logement et m'a emmenée avec elle.

Un jour, nous faisions une course ensemble.
Elle fut reconnue et dénoncée par un malheureux qui lui devait la vie.

Elle fut arrêtée, conduite au tribunal du
quartier.

Là, un garçon boucher siégeait comme juge :

— De quoi l'accusez-vous ?

— D'être une ci-devant béguine !

— Est-ce vrai ?

— A la lanterne ! criait la foule.

L'accusateur fit un signe... et poursuivit au
milieu d'un silence relatif.

— J'ai là deux témoins qui jureront l'avoir
vue habillée en nonne.

— A la lanterne ! hurlait plus fort la multitude débraillée et houleuse.

— Qu'avez-vous à répondre ?

Le silence se rétablit ; ma tante, impertur-
bable, avec un geste circulaire qui désignait les
assistants :

— Et moi, j'en ai cent parmi ce peuple qui
jureront le contraire... Cet homme est fou...
Viens, ma fille, viens !

Et elle m'entraîna en souriant.

On la laissa partir.

— Quel sang-froid et quelle présence d'esprit ! répondit Jacques avec un sourire.

Bataille, qui courait en avant, s'était arrêté
et faisait entendre un grondement de mauvais
augure.

Sur le bord du chemin, un homme apparut,
encadré par les vertes retombées d'un mélèze.

Il était dans toute la force de l'âge. Ses
épaules carrées, ses jambes trapues, ses bras
nus et bien musclés dénotaient une force
extraordinaire. Ses traits irréguliers avaient une
expression étrange et indéfinissable.

Il inspirait l'antipathie.

Son front, caché sous la broussaille de ses
cheveux roux, paraissait étroit et fuyant. Ses
petits yeux gris, sous des sourcils épais, brillaient au fond de leurs orbites comme deux vers
luisants dans des soirées d'automne. Son nez
était long, ses narines énormes, s'élargissaient
encore à chaque respiration. Sa bouche était
fendue jusqu'aux oreilles, comme par un coup
de sabre. Ses lèvres lippues étaient hérissées de
quelques poils rares ; toute sa figure glabre
était blême avec des pommettes saillantes.

On devinait la ruse et la méchanceté unies
à des convoitises brutales.

Laid au physique, il paraissait hideux au mo-
ral.

— Michaud ! cria le capitaine en se retournant vers les soldats.

Au sergent accouru et à voix basse :

— Quel est ce mauvais drôle ?

— « Hounegrelaudre » !

— C'est un sobriquet... ! Meurt-de-faim n'est
pas un nom... D'où vient-il ?

— Je ne sais pas.

— Que fait-il ?

— Il mendie.

— Au milieu de la forêt... ? Il espionne... il
faudra veiller sur lui... surtout ne pas le laisser échapper !

— Oui, mon capitaine... Faut-il l'empoigner
tout de suite ?

— Non... Je n'ai encore contre lui que des
préventions...

— Je l'aurai à l'œil.

« Hounegrelaudre » avait deviné ce qui venait
de se dire... mais il ne le laissa pas voir.

Debout près du sentier, immobile, il tenait
l'œil fixé sur Simone.

— La cha... cha... charité, s'il vous plaît ?

Simone lui donna un kreutzer et Jacques un
assignat.

Le mendiant empocha la pièce et le papier
en grimaçant un sourire.

— Dieu vous ga... ga... garde tous les deux !
Puis, regardant Jacques en clignant ses petits
yeux gris, il ajouta :

— Et vous rende heu... heu... heureux, en
mé... mé... ménage !

— Amen ! avait répondu Désallards.

Une teinte rosée vint au front de Simone, qui
baissa la tête.

Jacques sentit son cœur battre plus vite et
le sang lui monter au visage.

Le capitaine, qui causait avec Gaston, n'avait
rien entendu.

— Meurt-de-faim ! dit Michaud, très fier de
pouvoir traduire en français le surnom du
mendiant, viens avec nous, tu partageras la
gamelle.

« Hounegrelaudre » ne se le fit pas dire deux
fois. Sans répondre, il suivit les soldats.

— De cette façon, murmura le sergent, je
pourrai le surveiller de plus près.

Jacques contemplait Simone avec admiration... Il avait comme un éblouissement du
sort que l'avenir lui réservait.

La jeune fille releva la tête et se mit à sourire. Son regard croisa celui du sous-aide...

— Es-tu fatiguée, Simone ? dit tante Victoire,
tu pourrais monter en voiture !...

— Non, ma jambe... Et même la marche me fait du bien !

Jacques releva encore ses yeux bleus, et, le visage cramoisi :

— Merci, dit-il à demi-voix.

Tante Victoire était remontée en voiture, mais c'était pour redescendre bientôt avec un joli baril, peint aux couleurs nationales, et qu'elle portait en sautoir.

Il était muni d'un robinet d'argent, autour duquel étaient suspendus plusieurs petits verres en épais cristal.

— Halte ! mes braves... dit-elle joyeusement. Une petite goutte pour vous donner des jambes et un gosier... c'est tante Victoire qui régale.

— Allons, Jollivet, dit Vermorin, dont la langue claquait au palais, faut te dégourdir... tâche au moins devant ces dames d'avoir une dégaine autrement ficelée que la tienne. Pas vrai, Quentin ?

— Dame, faut faire honneur à la compagnie !

Les verres circulaient, se choquaient joyeusement, et les soldats en chœur :

— A la santé de tante la Victoire ! Vive tante la Victoire !

Meurt-de-faim n'avait pas eu à se plaindre : il avait été traité comme les soldats.

Il avait ouvert sa formidable mâchoire et vidé le verre d'un seul coup.

— Sale pataud ! lui cria Michaud, tu ne trinques donc pas ?

— Oh ! si... au se... se... second coup !

Et il tendait son verre à tante Victoire.

Ce fut une stupeur générale.

— Quel fier toupet !

— T'as ton compte !

— Tu n'as pas honte ?

Mais « Houngrelaîdre » n'avait pas honte du tout. Avec une figure niaise, il ajoutait :

— Et la ga... ga... gamelle ?

— A Bremgarten... pas avant.

On se remit en route.

Le mendiant, pour lequel Bataille s'obstinait à ne montrer aucune sympathie, avait emboîté le pas et suivait la caravane.

Si Chavernay ne quittait pas le capitaine, Désaillards non plus ne quittait pas Simone ; et sa compagnie ne paraissait pas du tout déplaire à la jeune fille.

Avec un respect du visage et de la voix, Jacques lui demandait :

— Elle ne paraît pourtant pas vieille, tante Victoire ?

— Elle a trente-cinq ans.

— La neige a déjà tombé sur sa tête, comme elle fait sur les hautes montagnes...

— Oui... Ses cheveux ont blanchi d'un seul coup...

— A Paris ?

— Non... à Fraübunnen, près de Berne.

— Comment ?

— Tante Victoire ne se trouvait plus en sûreté en France. Elle m'emmena avec elle et vint s'établir à Zurich, où elle connaissait plusieurs familles. Nous vivions là depuis près de quatre ans, lorsque, au mois de mars de l'année dernière, les Français vinrent occuper Soleure. Mon père était avec eux. En ce moment, il tomba malade et avec lui Michaud et quelques hommes de la compagnie. Ma tante, avertie, accourut et leur prodigua les soins les plus empressés.

Deux jours après elle était l'infirmière de la brigade.

Je vins passer quelques jours avec elle... Je l'appelais tante Victoire... Et les soldats l'ont appelée comme moi.

Ils ont cependant ajouté un article à son nom. Ils l'appellent maintenant : Tante la Victoire... Voici à quelle occasion :

Le 7 mars, elle était au combat de Fraübunnen.

La bataille ne fut qu'un massacre, et mon père m'a dit n'avoir jamais vu rien de si horrible.

Les femmes elles-mêmes avaient pris les armes et s'étaient placées à l'avant-garde.

Elles donnaient l'exemple d'un opiniâtre acharnement.

Ce jour-là, deux cents d'entre elles furent tuées.

Nos blessés remplissaient une assez vaste maison, et ma tante était au milieu d'eux.

Soudain des cris affreux se font entendre...

Un tourbillon de femmes que la lutte avait enfiévrées venaient d'envahir notre ambulance et massacraient nos blessés. Impuissante devant ce flot de mégères en furie, ma tante pénètre dans une seconde chambre, s'arc-boute derrière la porte, et, toute seule, elle défend l'entrée des autres pièces.

Longtemps elle résiste ainsi, vaillante, entre les blessés à qui la douleur arrache de sourds gémissements et ces energumènes qui veulent enfoncer la porte et continuer leur boucherie. Alors elles veulent achever par l'incendie ce qu'elles avaient commencé par le fer. Ce fut le salut pour ma tante. A la vue des flammes, mon père accourut avec sa compagnie.

Il était temps. Sa sœur venait de s'évanouir... et ses cheveux étaient tout blancs.

Simone s'arrêta... Elle était belle d'enthousiasme... Sa voix était sonore... Ses yeux lançaient des éclairs... Elle était transfigurée.

Jacques la contemplait.

De ses grands yeux bleus, une tendresse profonde éclatait pour la jeune fille qui marchait à côté de lui, toute vibrante, rose d'avoir parlé et si jolie sous son chapeau de paille orné de fleurs.

Il sentait à ses oreilles l'harmonie de sa parole inspirée.

Sa poitrine s'ouvrait plus large aux caresses de l'air attiédi... le vent suscitait des profondeurs de la forêt, des murmures grandissants ; il apportait l'âpre senteur des parfums résineux ; il passait sur les fraîches bouffées, s'égarait à travers les sentiers et s'arrêtait comme pour se jouer au milieu des boucles folles et des noirs frisons qui encadraient la figure de Simone.

— L'héroïsme est héréditaire dans votre famille, dit Jacques, redevenu plus maître de lui ce matin ; j'admirais votre courage.

— Mon courage... ? — et la voix de Simone se fit humble et toute frémissante au souvenir du danger couru — je puis bien l'avouer, lorsque ma tante m'a commandé de faire feu, j'ai obéi en fermant les yeux, et j'ai tiré à l'aventure...

Si j'ai tué un bandit, c'est qu'il a bien voulu se faire tuer. Il n'y a pas eu de ma faute.

Et lorsqu'il a fallu me servir de mon pistolet comme d'un casse-tête, j'osais à peine frapper. J'avais peur de leur faire mal. J'admire les héroïnes... ma tante surtout... mais je me sens incapable d'en devenir une.

Tante la Victoire vint rejoindre les deux jeunes gens qui s'écartèrent avec empressement pour la placer au milieu d'eux.

— Oh ! ma tante, nous parlions de vous.

— Et Mademoiselle me racontait vos prouesses.

— Parlons plutôt des vôtres, Monsieur Désaillards. Sans elles, je ne sais pas où nous serions en ce moment, Simone et moi. Et je tenais à vous remercier, ainsi que M. Chavernay. Nous allons vivre ensemble... Je serai sous vos ordres, et j'espère que nos pauvres malades et des blessés de nos combats futurs s'en trouveront bien.

— Sous mes ordres ? J'espère bien que vous serez au contraire pour moi ce que vous êtes pour les autres... et que vous aurez un enfant de plus à gâter... La séparation d'avec ma mère sera moins cruelle... J'aurai une maman de plus, ajouta-t-il en souriant à Simone qui lui répondit par un autre sourire.

— Vous avez encore votre mère ?

— J'en ai trois !

— Oh ! Tant que cela !

— Ma mère et mes deux sœurs !

— Vos sœurs ?

— Oui... Mon père, qui était médecin à Auxerre, me destinait à lui succéder. J'avais quinze ans lorsqu'il mourut, nous laissant dans une situation de fortune voisine de la gêne.

Pour continuer mes études, il fallait de l'argent... Ma mère n'en avait guère et n'avait pas que moi... L'avenir de mes deux sœurs l'inquiétait peut-être encore plus que le mien. Embarrassée, elle ne savait quel parti prendre. Un soir — je me souviendrai toute ma vie de ce soir-là, — nous étions tous les quatre réunis autour de la table, où nous avions pris notre repas.

Marie, ma sœur aînée, après avoir jeté un regard expressif à Louise, dit à ma mère :

— Que comptez-vous faire de Jacques ?

— Je ne sais pas encore.

— Il faut à tout prix lui faire achever ses études, afin qu'il puisse un jour succéder à notre père.

— Et vous ?

— Nous travaillerons, Louise et moi... Nous suivrons toutes trois Jacques à Paris... Ma sœur donnera des leçons de musique, et moi de peinture... En ce moment, il n'y a plus de professeurs, et nous sommes assurées d'avoir des leçons, et déjà on nous en a promis.

En effet, quelques jours après, le coche nous conduisait à Paris. Mes trois mamans se mirent résolument au travail... Et le « petit », comme elles m'appelaient, ne s'aperçut pas de la mort de son père. Oh ! je vous l'assure, j'ai été bien choyé.

Aussi ce fut une scène déchirante lorsque nous avons été obligés de nous séparer.

Simone avait des larmes plein les yeux.

— Il me semble encore être au milieu d'elles.

Je les vois toutes les trois assises près de la fenêtre... Elles travaillent et prient pour moi... Et c'est grâce à leurs prières que j'ai eu le bonheur de vous rencontrer sur mon chemin.

— Vos sœurs sont en âge de se marier ?

— Elles n'y pensent pas... Marie veut rester avec ma mère... Louise veut être religieuse... Elle n'attend que le moment, qui ne peut tarder beaucoup.

Simone écoutait ravie.

Elle était à Paris, assise au milieu des trois femmes, égrenant son chapelet avec elles, et avec elles travaillant et priant pour M. Jacques.

Le capitaine Chauvigné avait ralenti le pas et écoutait dans le plus religieux silence cette simple et touchante histoire de dévouements obscurs.

— Et vous, Monsieur Chavernay ?

— Moi, dit celui-ci d'une voix glacée, j'ai vécu tout autrement. Je n'avais personne autour de moi pour entraver ma liberté. Je n'ai ni les mêmes goûts ni les mêmes idées que Jacques... Il n'aspire qu'à être un petit médecin de petite ville... Moi, je ne comprends que la vie à grandes guides.

Le mot « moi », qui à chaque instant revenait sur ses lèvres minces, résonnait mal aux oreilles de la jeune fille.

Son tact, affiné par une éducation vraiment pieuse, lui révélait, à chaque mot, la vulgarité d'une intonation, la hardiesse d'un regard, la grivoiserie d'un geste. Sa pudeur en fut effarouchée.

Elle se dit fatiguée, et, sur un signe de tante Victoire, elle remonta avec elle en voiture. Jacques la suivit des yeux.

Il semblait quêter un regard, il reçut un sourire.

La journée s'avançait. Le soleil allait se cacher derrière les hautes montagnes chargées de glaces éternelles et qui brillaient dans l'azur avec des reflets d'argent poli.

Ses lueurs rouges embrasaient le ciel et empourpraient l'horizon.

Le bois avait été franchi. La route, sur un sol siliceux, descendait en pente rapide, formant de nombreux lacets.

Tout au fond, les cimes des hauts peupliers émergeaient comme teintées de rose. La vallée, ployée en berceau, féconde admirablement, était déjà voilée d'une brume pâle et transparente, et la Reuss apparaissait entre les arbres comme un large ruban de moire brillante, plié et replié bien des fois sur lui-même.

Jacques marchait à gauche de la voiture, comme en extase devant tant de merveilles.

Mais bientôt il ramenait son regard sur sa voisine et la contemplait avec ravissement.

Elle venait d'enlever son chapeau.

Un rayon de soleil mettait en relief son profil gracieux, son front pur, son nez droit, toute la grâce de ses lèvres de pourpre, de l'émail de ses dents, le dessin harmonieux de ses souples épaules.

Dans le cadre de la forêt finissante, sa chevelure se détachait, masse superbe, alourdie par l'entrelacement de bandeaux faits à la hâte sur les bords de la Limmat et qu'on eût dit semés de reflets de bronze. Le soleil couchant semblait prendre plaisir à briser ses

rayons au milieu des boucles folles, à empor-
ter les frisons rebelles de son poudroiement
lumineux.

Le cœur de Jacques battait une charge folle...
Une impression pleine de charmes, et qu'il res-
sentait pour la première fois, le faisait tressaillir d'un bonheur imprécis.

Le cœur de Simone aussi était en fête.

Comme quoi rien ne ressemble mieux au
cœur d'un jeune homme que le cœur d'une
jeune fille.

Tante Victoire mit fin à l'extase de Jacques.

— Messieurs, dit-elle aux deux sous-aides,
voici Bremgarten à notre droite, dans la vallée !

La bourgade apparaissait presque à leurs
pieds, étagée sur une petite colline, avec ses
tours et les flèches de ses chapelles. Les maisons enfermées dans une boucle de la Reuss,
qui forme comme un large fossé, se groupent
tumultueusement autour du clocher de sa jolie
église.

— Vous arriverez trop tard pour trouver ailleurs le souper et le gîte, et vous aurez toujours le temps de loger à la belle étoile. Le
capitaine, son ami, le sergent Michaud et moi,
nous sommes, depuis près de trois mois, descendus à l'hôtel du *Sanglier d'argent*. Je vous
invite à y descendre aussi... et à prendre
avec nous votre repas du soir... Vous vous
croirez en famille... ajouta-t-elle, en lançant
à Jacques un sourire quasi-maternel.

Désallande, pour son ami et pour lui, s'em-
pressa d'accepter.

Simone le remercia d'un regard.

La nuit descendait très vite, et le capitaine
fit presser la marche.

Lorsque la petite colonne arriva devant l'hôtel, il faisait sombre déjà.

C'était l'heure où le couvre-feu, dans le
campement voisin, lançait aux maisons et à la
vallée ses notes piquées, rapides, pressantes,
qu'accompagnaient les grondements rythmés,
sourds, profonds, des tambours qui battaient
la retraite.

### III

#### HÔTEL, BRASSERIE ET AMBULANCE

Le *Sanglier d'argent*, devant lequel nos voyageurs venaient de s'arrêter, était une simple
auberge, mais qui jouissait dans le pays d'une
certaine renommée.

Elle était très fréquentée en temps ordinaire.

Les chasseurs s'y donnaient rendez-vous pendant les battues qu'ils avaient accoutumé de
faire dans la forêt où abondait le sanglier.

Mais depuis que l'armée française avait
franchi la Limmat, elle était toujours pleine
de monde.

C'était là que les officiers de la 106e demi-
brigade prenaient leurs repas.

C'était une vieille maison, dont le pignon,
élevé et pointu comme la flèche d'une église,
donnait sur la place publique.

La façade, nouvellement remise à neuf, laissait voir une charpente assez bizarrement
sculptée et qu'on avait maladroitement re-
peinte en jaune.

Les fenêtres étaient étroites ; les carreaux
petits, verts et épais comme des bouteilles.

La porte, assez large, à deux battants, iné-
gaux, s'ouvrait sur le corridor desservant
toutes les pièces de la maison. Elle était peinte
de la même couleur verte que les lourds contrevents qui, pendant la nuit, achevaient la
clôture.

Au-dessus, balancé par le vent, un tableau
en fer-blanc peinturé représentait un énorme
sanglier argenté, avec deux défenses longues,
larges et pointues.

À l'endroit où était scellée dans le mur la
branche de fer qui le tenait suspendu, on
lisait sur une planche, toute brillante de cé-
ruse, écrit en grosses lettres noires :

Hôtel du Sanglier d'argent

Tenu par HERMAN

*Ici on loge à pied et à cheval*

L'aubergiste était un gros homme, connu
dans tout le pays par son majestueux embonpoint.

Il se tenait sur le seuil de la porte, coiffé
d'un large bonnet blanc, portant un tablier
blanc, relevé du côté droit.

Il encombrait le corridor par l'ampleur de sa
personne, lorsque le capitaine déboucha sur la
place avec tous ceux qui l'accompagnaient.

Herman courut aussi vite que le lui permet-
taient ses courtes jambes qui avaient déjà à
supporter les ballottements de son volumineux
abdomen.

Sa figure ronde s'était aussitôt épanouie en
pleine lune, et sans reprendre haleine ni
attendre de réponse, il commençait :

— Je souhaite la bienvenue à ces dames... Et
Mademoiselle se porte à merveille !... Son
voyage a été bon ?... Enchanté !... enchanté !...
Les routes sont si peu sûres dans les temps
mauvais que nous traversons... qu'on aurait pu
craindre... Enchanté !... Entrez !... entrez !... Capitaine... votre serviteur !... vous êtes bienheu-
reux d'avoir votre fille !... Et vous, Messieurs
— il s'adressait aux sous-aides, — un peu plus
tard, vous étiez forcés de coucher dehors...
comme beaucoup de vos compatriotes... qui
bivouaquent le long de la Reuss... Car chez
moi, tout est occupé... Et je n'ai plus que ma
chambre à vous offrir... avec deux bons lits, le
mien et celui de ma bourgeoise... et moel-
leux... ! que l'on y enfonce jusqu'aux oreilles... !
Pour vos chevaux, je ferai mettre une litière...
au fond de la cour... sous le hangar... car
toutes mes écuries ont été réquisitionnées et
transformées en caserne... Oh ! les soldats y ont
bien chaud... la nuit... pour dormir... pas vrai,
caporal ?...

Les deux femmes, descendues de voiture,
étaient déjà entrées dans la maison.

Michaud s'occupait des chevaux ; les soldats descendaient les bagages.

Le capitaine, Désallande et Chavernay avaient
suivi tante Victoire et Simone et pénétraient à
gauche dans la salle à manger.

Herman poursuivait toujours les voyageurs
de sa loquacité croissante :

— Quant aux vivres, vous allez voir ça... un

souper de princes... Du reste, je puis vous en donner la carte... du vin, et de nos meilleures côtes... dix ans de bouteille... le vin du Rhin n'est que piquette à côté... J'ai des carpes de la Reuss... un rôti de cochon... (sauf votre respect...) un plat de choucroute... c'est tout vous dire... une minute... une minute... vous ne vous repentirez pas...

L'hôtelier disparut lentement et, par une porte au fond, regagna sa cuisine et ses fourneaux embrasés.

On entra dans la salle à manger.

Le capitaine plaça Gaston à sa droite, Jacques à sa gauche, tante Victoire en face ; Michaud vint s'asseoir entre celle-ci et Chavernay.

Simone, sans hésitation, avait mis son couvert entre Désallards et sa tante.

Le dîner fut très gai. La jeune fille se mit à taquiner le sergent.

— Dis donc, Michaud ? Me voici ! tu dois être heureux de me revoir ?

Michaud souriait. Il l'aimait tant, sa Simone qu'il avait vue naître et grandir.

— Du reste, ta cicatrice est au mauve, continua-t-elle en souriant.

Le sergent se faisait honneur de sa balafre. Il l'avait reçue en sauvant Chauvigné d'une mort certaine à la fameuse bataille de Valmy.

Elle passait par toutes les couleurs de l'arc-en-ciel, selon les sentiments qui lui agitaient le cœur. Rouge en temps ordinaire, mauve en signe de joie, elle devenait cramoisie lorsque son propriétaire était mécontent ; elle passait à l'indigo lorsqu'il s'emportait ; elle devenait blanche dans les instants de sourde colère ou d'émotion violente.

— C'est que, voyez-vous, il y a si longtemps que je ne vous ai vue !

— Tu t'es fait beau pour me recevoir ?

— J'ai brossé moi-même mon uniforme, astiqué les boutons, et sur mes deux manches j'ai cousu deux galons tout neufs que je réservais depuis longtemps pour cette occasion.

— Et tu as bien fait.

— Oui, car aujourd'hui vous avez été au baptême du feu ! Double fête !

Et on parla de tout ce qui s'était passé dans la matinée.

Comme on se levait de table, Herman, qui ne causait plus, voulut se dédommager :

— Tante la Victoire, dit-il, j'ai fait préparer, pour Mademoiselle, un lit dans votre chambre, un joli petit lit avec des rideaux blancs lisérés de bleu. Elle dormira bien, je vous assure, et fera de jolis rêves. On n'en fait pas d'autres chez moi. Vous verrez ça, Mademoiselle ! Et avec votre jolie frimousse, bien reposée demain matin, vous ferez tourner la tête à tous les officiers de la brigade. Vous n'avez peut-être pas attendu. Et voilà Monsieur — il désignait Jacques — qui a déjà l'air d'avoir la tête tout à fait tournée !

Tous les regards se portèrent sur les deux jeunes gens.

Ils furent décontenancés... ainsi deux coupables pris en flagrant délit.

Ils tremblaient délicieusement, mais ils tremblaient.

Tante Victoire s'était retournée brusquement, comme dans un sursaut.

Michaud tortillait nerveusement sa moustache, la couleur de sa cicatrice était indécise.

Gaston éprouvait le malaise d'un étranger entre deux personnes qui s'aiment.

Le capitaine, qui s'en allait, avait pirouetté rapidement sur ses talons, fixait longuement Simone et Jacques, comme fait un juge d'instruction pour deux criminels.

Tante Victoire se mit à sourire.

Le capitaine, après les avoir contemplés un instant, se retourna lentement, et à lui-même :

— Joli couple ça ferait !.. J'avais l'âge de Désallards, et ma Raphaëlla celui de Simone, lorsque nous avons uni nos destinées.

Sur sa mâle et énergique figure de soldat, le souvenir des bonheurs enfuis jeta comme un voile de mélancolique douceur. Puis d'un ton aimable :

— La journée a été pénible pour tous. Celle de demain peut l'être davantage. Allons prendre le repos que Dieu nous donne encore une fois !

La cicatrice de Michaud se teinta de mauve.

On se quitta heureux en se donnant rendez-vous pour le lendemain midi.

Herman, en effet, avait donné sa chambre aux deux jeunes gens.

Elle occupait, au rez-de-chaussée, la partie qui faisait face à la salle à manger.

Ses deux fenêtres ouvraient sur la place publique.

Trois portes établissaient les communications : une avec le corridor à gauche ; deux autres en face : la première avec la cuisine ; la seconde donnait accès à un petit cabinet où l'hôtelier avait l'habitude, dans les moments de presse, de faire reposer sa courte et grosse personne, en compagnie de Wilhelmine, sa tendre moitié.

A droite se trouvait l'alcôve, assez grande pour contenir deux lits séparés par une allée encore large, au fond de laquelle un grand crucifix d'albâtre étendait ses deux bras.

Une horloge, dans une longue caisse de bois aux couleurs criardes, faisait entendre son tic tac monotone.

Au milieu, un poêle, en faïence blanche cerclée de cuivre, avait un tuyau coudé qui débouchait dans le conduit d'une vaste cheminée.

Quelques bancs le long du mur, une table en face et quatre chaises complétaient le mobilier.

Tout en installant Jacques et Gaston, l'hôtelier parlait, questionnait et répondait tout à la fois.

— Et ces Messieurs viennent de loin ?

— De Paris.

— Oh ! c'est bien loin !.. bien loin !.. Et on voit bien que vous êtes de la capitale !.. Et ces Messieurs sont fatigués ?

— Pas trop.

— Je vous laisse, majors, je vous laisse, vous avez besoin de repos... Mais auparavant, je vais tout barricader, les portes et les fenêtres. Dans les temps où nous vivons, voyez-vous, on ne saurait jamais trop prendre de précautions. On aime à pouvoir dormir sans inquiétude. Si les chemins ne sont pas sûrs, les maisons ne le sont pas toujours... Et puis, j'ai vu rôder ce soir « Hounegrelaildre », qui ne m'inspire guère de confiance. Que vient-il faire par ici !.. Méfiez-vous de lui, majors !... C'est un gaillard dangereux... Il ne vit que pour mal faire.

Vous voyez, voici les contrevents fermés avec cette double barre de fer, il n'y a rien à craindre de ce côté-là... Je l'ai fait mettre dernièrement ; c'est tout neuf et c'est solide. Et la porte donc, elle est épaisse et bien verrouillée... une serrure incrochetable, un bijou, le « chef-d'œuvre » de Müller lorsqu'il a passé compagnon.

Ah ! personne ne peut entrer chez moi une fois l'hôtel fermé !

Allons, je vous souhaite la bonne nuit, Messieurs, et bon sommeil !

— Dormez bien aussi, maître Herman, dirent les deux sous-aides.

Pendant que Gaston se déshabillait et se mettait hâtivement au lit, Jacques, à deux genoux et lentement, s'abandonnait entre les mains de Dieu dans une prière fervente et prolongée.

Bientôt tout le monde reposait au *Sanglier d'argent*.

Cependant Simone avait tardé à s'endormir.

Les événements de la journée l'avaient enfiévrée.

Elle avait le frisson en se mettant au lit, auquel avait bientôt succédé une insupportable chaleur.

Elle se retournait dans sa chapelle blanche, comme lui disait sa tante lorsqu'elle était encore enfant. Elle ne pouvait trouver une position apaisante.

Lorsque, domptant la fièvre, le sommeil arrivait, c'était pour la livrer à d'effrayants cauchemars.

Elle se sentait rouler dans un abîme... Un soldat à la figure imprécise, mais qui lui rappelait les traits de Jacques, venait à temps pour la soutenir et l'empêcher de tomber.

La secousse la réveillait en sursaut.

Une autre fois, c'était un monstre, la gueule rouge, qui se précipitait sur elle pour la dévorer... Un être mystérieux, venu elle ne savait d'où, se trouvait à temps pour la délivrer des morsures de la bête.

Et son libérateur avait la tournure et la ressemblance d'un jeune sous-aide nouvellement entré dans sa pensée et peut-être dans son cœur.

Vers l'aurore, elle s'était enfin assoupie dans un sommeil réparateur.

Tante Victoire, dès les premières pâleurs du matin, s'était glissée sans bruit hors de la chambre, pour aller retrouver ses chers malades qu'elle n'avait pas vus depuis deux jours.

Un rayon de soleil avait réveillé la jeune fille.

Du lointain, une rumeur arrivait jusqu'à elle ; voix indistinctes, pas cadencés de troupes en marche, roulements de tambours et coups de clairon.

Alors, Simone s'était levée sans hâte, les yeux légèrement cernés d'ombre, les paupières alanguies, lourdes encore de sa fiévreuse insomnie.

Sa chevelure lui retombait sur les épaules en boucles soyeuses et l'enveloppait toute. Ses bras étaient nus sous la dentelle d'un vêtement de nuit.

Tout engourdie encore, elle s'était dirigée vers la fenêtre de sa chambre.

Là, cachée derrière un rideau, elle contemplait la Reuss rapide et bondissante. Elle écoutait les légers murmures du vent qui se glissait de rue en rue, s'accrochait aux angles des maisons et lui apportait sa chanson douce et mélancolique.

La vallée se découvrait, encore voilée d'une brume pâle et transparente, et là-bas, tout là-bas, se haussaient, par-dessus les collines et les montagnes, les sommets neigeux et éblouissants de lumière.

Elle avait ensuite ramené ses yeux sur la place qui, par une rue étroite, descendait jusqu'à la rivière.

Soudain, rougissante et confuse, elle avait laissé retomber le rideau.

On aurait pu croire qu'un indiscret regard l'avait surprise dans son déshabillé.

Elle venait de voir passer les deux sous-aides qui marchaient d'une rapide allure et avaient déjà disparu dans un tournant ; c'était tout le motif de son trouble.

En ce moment sa tante remontait, avec un bol de lait, pour faire déjeuner sa paresseuse qu'elle croyait toujours au lit.

En bas, une voix de stentor éclatait impérative et pressante :

— Maître Herman !

— Voilà ! voilà ! Ah ! bonjour, Monsieur Kieffer... et vous allez bien, Monsieur Kieffer ?

— J'arrive de Baden, et je pars pour Kussnacht ; je veux déjeuner.

— Tout de suite, Monsieur Kieffer, tout de suite. Et vous repartez si vite que ça ?... Vous prendrez bien le temps de...

— Dépêchons, je suis pressé, dit le nouvel arrivé en coupant avec irrévérence la parole à maître Herman, pas le temps de causer ce matin.

Et l'hôtelier, désolé de ne pouvoir placer son discours ordinaire, l'acheva en un long monologue, tout en courant, aussi lentement que le lui permettait sa majestueuse personne.

M. Kieffer avait la figure vultueuse, fraîche rasée, bouffie, le teint enluminé, les lèvres gonflées, avec de gros yeux à fleur de tête et injectés de sang.

Il était entré, une valise à la main et un sac en bandoulière.

Pendant qu'il déjeunait avec appétit, tournant le dos au corridor, « Hounegrelaildre » avait passé la tête à travers l'entre-bâillement de la porte.

Ses petits yeux gris avaient brillé. Un air de férocité avait convulsé son visage, et, sans bruit, comme il était entré, il était sorti en disant sans bégayer :

— Nous nous reverrons, Monsieur Kieffer, sur le chemin de Kussnacht !

Midi sonnait lorsque les convives de la veille se réunirent de nouveau.

Michaud pourtant n'arrivait pas... on l'attendit quelques instants, puis on se mit à table sans lui.

Enfin, le sergent entra.

Il avait sa figure des mauvais jours... le front plissé, chargé de nuages, sa cicatrice d'une pâleur effrayante.

— Qu'y a-t-il donc, Michaud ? dit le capitaine.

— Il a disparu.

Et sa voix tremblait.

— Qui ça ?

— Meurt-de-faim, l'espion !

Soudain, une estafette, couverte d'écume, entrait, un pli cacheté à la main.

— Ordre du général.

Chauvigné, d'un regard, avait parcouru la lettre, puis, d'une voix brève :

— Hâte-toi de déjeuner, Michaud, nous partons.

Le courrier s'était retiré à quelques pas en arrière, avait fait le salut et restait debout, les deux bras le long du corps, les deux mains sur la couture du pantalon.

— C'est bien, mon brave, bois un coup et va prévenir le colonel que nous partons, ordre du général en chef... notre absence pourra durer quinze jours environ.

Tante Victoire était remontée, elle préparait les valises des deux voyageurs.

Simone, interdite, avait des larmes plein les yeux.

Aubin et Jollivet, prévenus, amenaient deux chevaux.

Un quart d'heure après, le capitaine et le sergent couraient eux aussi sur la route de Kussnacht, que Kieffer, suivi par le mendiant, avait prise avec deux heures d'avance.

Kieffer, personnage important de ce drame vécu, pouvait avoir une cinquantaine d'années ; il portait jeune encore et paraissait vigoureux.

A Bremgarten, on le connaissait depuis longtemps.

On l'entourait, on l'écoutait. Il passait pour prudent, heureux et avisé en affaires.

On ne l'aimait pas, mais on le craignait. Il avait réussi dans toutes ses entreprises... et le succès lui comptait comme un mérite. C'est du reste une règle constante dans le monde.

Il payait comptant, vendait de même... car il était marchand et faisait commerce de bien des choses.

Il avait échappé aux emprunts et aux faillites. Tout allait donc bien.

Il avait même eu la joie de couler à fond quelques confrères, moins habiles, mais plus honnêtes que lui.

En ce moment, il était fournisseur breveté des armées françaises.

Tel était Kieffer, ainsi qu'en témoignait Herman, qui aimait mieux un bon client dans son hôtel qu'un empereur à Vienne avec qui il ne faisait pas affaire.

Personne pourtant n'avait été ému par son arrivée, et sa disparition n'avait inquiété personne.

Celle de « Hounegrelaindre » avait jeté le trouble dans le cœur de Michaud, en laissant calme celui du capitaine.

Mais lorsque ce fut leur tour de partir, ils avaient été très entourés.

Les officiers, dans cet ordre subit et mystérieux, avaient cru voir l'indice d'une prochaine bataille.

Pour les deux sous-aides, la matinée avait été bien remplie. Jacques avait longuement écrit à sa mère et à ses sœurs. Aucun détail n'avait été omis. Il ne tarissait pas d'éloges sur le capitaine, sur la tante, et surtout sur la nièce, dont le nom revenait presque à chaque ligne. C'était un vrai journal.

Puis, cédant enfin aux instances de Gaston, il s'était séparé à regret de celles qu'il aimait... il avait encore tant de choses à leur dire !

Mais il fallait bien rendre visite au colonel, au commandant, au major.

Ils avaient déjà fait voir leurs passeports et montré à qui de droit leurs commissions.

La soirée devait être employée à rendre visite aux officiers de la demi-brigade.

Le major avait bien voulu les accompagner et les présenter lui-même.

Il fut, en outre, convenu que le lendemain, vendredi, on irait pour la première fois à l'ambulance, domaine de tante Victoire et champ d'opération des deux sous-aides.

Le major fixa pour 10 heures le rendez-vous. Et il devait lui-même venir prendre toute la compagnie au *Sanglier d'argent*.

Non loin de l'hôtel où trônait maître Herman, Müller, le serrurier, sur les instances de M. Kieffer, qui avait fourni les fonds lors de l'arrivée des troupes françaises, avait transformé son atelier en une brasserie assez vaste, mais sans élégance, et dont tout le mobilier se composait de tables et de bancs en bois blanc bruni.

Sa fille servait elle-même la bière mousseuse dans des chopes de faïence fleuronnée.

Elle s'appelait Laure, nom que, en souvenir de sa femme, lui avait donné son parrain, marié à Paris, garde-suisse massacré à la sanglante journée du 10 août.

Elle paraissait avoir passé la trentaine.

C'était une plantureuse créature, vive et délurée, au regard hardi et doux tout à la fois, et qui, dans un agaçant et perpétuel sourire, montrait de bien jolies dents.

Ses joues rondes avaient la forme et la couleur d'une pomme d'api, et sa figure s'épanouissait régulière sous une forêt de cheveux d'un blond ardent.

La brasserie était encombrée d'officiers français lorsque le major et ses deux sous-aides entrèrent.

La connaissance fut bientôt faite. Les deux jeunes gens furent reçus comme de vieux camarades.

Dans ce monde de braves, où tous les divers éléments de la société se trouvaient mêlés, l'ambition était secondaire. C'étaient des hommes préservés des souillures politiques, ennoblis par l'habitude du danger et vivant dans l'accoutumance de l'abnégation. L'union la plus franche et la plus cordiale régnait entre eux.

Ce qui occupait l'officier, c'était son devoir d'abord, ses plaisirs ensuite.

Au fond de la salle, autour d'une table animée, des joueurs s'étaient installés.

L'arrivée de Jacques et de Gaston avait, pour un temps, suspendu les jeux et fait dormir les cartes et les dés.

— Risquez-vous un louis, major ? dit l'un d'eux à Desaillards.

— Je vous remercie, Messieurs, mais je n'ai jamais joué.

— A toutes choses, il y a un commencement.

— Mais je ne désire pas commencer.

Ceci avait été répondu d'une voix douce, mais qui n'admettait pas d'instances.

— Trop jeune encore ?

— Mais oui !

— Vous sortez peut-être des bras de votre nourrice ?

— Mais il n'y a pas bien longtemps que je l'ai quittée.

— En lisière, alors ?

Et l'officier, qui sentait une résistance inaccoutumée, avait mis dans son ton une mordante ironie.

Jacques l'avait sentie. Il crut de sa dignité de répondre sur le même ton.

— Allons, avouez, lieutenant, que vous en auriez besoin peut-être plus que moi.

— Bien touché ! bravo ! reprirent les assistants.

Mais Gaston avait murmuré à son oreille :

— On se moque de nous...

— Et puis après, n'as-tu pas assez d'énergie pour supporter une plaisanterie de mauvais goût ?

Le lieutenant, interdit, se tourna alors vers Gaston :

— Et vous, major, vous marchez seul, je suppose, et depuis quelque temps, au risque d'attraper quelques bosses sur le front ?

— Je ne crains pas trop les meurtrissures !

— Alors vous accepteriez bien une partie avec nous, sinon que feriez-vous entre deux victoires ?

— Ou deux défaites, murmura Jacques en regardant son ami vaincu...

— J'accepte, Messieurs, et je risque un louis...

Et Chavernay se dirigea vers la table du jeu.

— Je vous laisse à votre chance... et à vos atouts, Messieurs !...

Désallards salua et revint au *Sanglier d'argent*.

Il monta au premier étage pour rendre visite à tante Victoire qui ne l'attendait pas, et à Simone qui l'attendait toujours.

Du reste, il fut le bienvenu, et l'on parla des absents.

Gaston joua assez longtemps, avec des alternatives de partes et de gains.

Peu à peu la brasserie devenait déserte ; le dernier officier était sorti.

Chavernay, habitué à Paris aux longs séjours dans les tavernes d'étudiants, s'attardait sur son banc, en face d'une chope, vidée depuis longtemps déjà.

De la place où il était resté seul à rêvasser, il contemplait Laure Müller, éclairée par un des derniers rayons du soleil couchant. Sa chevelure fauve était brillante comme de l'or et semblait jeter des flammes.

D'autre part, la jeunesse, la beauté et l'élégance du jeune homme avaient vivement frappé la marchande de bière.

Enfin Gaston s'était levé et s'était approché du comptoir.

La conversation s'était engagée tout de suite, et avec beaucoup de familiarité.

Entre eux et dès cette première entrevue, une idylle s'était déjà ébauchée, que du reste ni l'un ni l'autre ne pensait à prendre au sérieux.

Néanmoins, ce soir-là devait être néfaste à Gaston.

Le lendemain fut jour de fête pour Jacques et Simone.

La jeune fille était prête longtemps avant l'heure fixée pour la visite à l'ambulance. Elle pressait sa tante, et chaque retard la faisait trembler d'impatience.

Elle s'était faite coquettement charmante. Elle portait un costume aux couleurs éclatantes et vives, avec des roses semées à foison sur son chapeau de paille fine.

Sa figure était animée et son cœur était dans la joie.

Quand dix coups sonnèrent lentement à l'horloge de Bremgarten, tout le monde était réuni sur le seuil du *Sanglier d'argent*, sauf Gaston, que l'on devait retrouver à l'ambulance.

Mais Gaston ne comptait déjà plus aux yeux de la fille du capitaine.

Les vingt ans de Jacques souriaient aux dix-huit de Simone.

Tous les deux ouvraient la marche, suivis du major et de tante Victoire.

Sur leur passage, les yeux s'arrêtaient, se fixaient. On se retournait pour les contempler plus longtemps.

Ils se dirigèrent sur la route de Jonen, en remontant les rives de la Reuss, aux flots d'azur moirés d'argent.

Ils remontèrent la Grande Rue, saluèrent en passant devant l'hôtel du Cerf le colonel et son état-major, laissèrent à leur gauche la tour de l'horloge et descendirent à droite sur les bords de la Reuss, aux flots d'azur moirés d'argent.

Par les allées étroites et sinueuses d'une jolie promenade, ils remontèrent la rive du torrent, vinrent faire une courte prière à la chapelle de l'Ermitage Saint-Antoine, que protège un immense tilleul de plus de douze mètres de circonférence.

Ils arrivèrent bientôt au sommet de la colline dont les pentes s'inclinent, au soleil du matin, vers un ruisseau torrentueux qui court se jeter dans la Limmat, et, au soleil du soir, vers la vallée de la Reuss.

Là s'élevait un bâtiment isolé, chalet depuis longtemps abandonné et qu'allongeaient des baraques hâtivement construites. C'était l'ambulance.

Elle était située à un kilomètre de Bremgarten, entre les routes de Jonen et de Birmensdorf, à une portée de fusil de celles de Künten et de Dietikon. Elle dominait le camp de la 106e demi-brigade, qui commandait aux quatre voies de communication.

Tante Victoire avait ménagé son emplacement en plusieurs chambres. Chaque catégorie de malades avait la sienne. En prévision des combats futurs, elles pouvaient toutes recevoir les blessés.

Elle avait, à côté de la salle des consultations, un petit appartement où elle aimait à passer ses journées en réparant les vêtements des soldats de la compagnie que son frère avait sous ses ordres.

Elle avait à chaque local donné un nom particulier : celui d'un saint chargé par elle de protéger ceux qui devaient y souffrir.

Il y avait la salle Sainte-Marie, les salles Saint-Michel, Saint-Joseph, Saint-Vincent-de-Paul.

Gaston n'était pas encore arrivé. Il s'était attardé à la brasserie Müller.

On l'attendit quelques instants.

On le vit de loin accourir à grandes enjambées.

Quand il arriva au sommet de la côte, il avait l'air joyeux et frondeur.

— Louis XIV disait un jour : « J'ai failli attendre ». Heureusement pour toi que nous ne sommes pas le roi-soleil, car nous avons attendu, et longtemps.

— Il n'y aurait pas grand mal, s'il n'y avait que toi, Jacques. Mais il y a ces dames et le major,... Vous voudrez bien m'excuser, ajouta-t-il en saluant.

— Partons ! dit tante Victoire, nos malades ont hâte de faire votre connaissance.

Et, ouvrant une porte, elle ajouta :

— Voici la salle Saint-Vincent de Paul. Entrez, Messieurs !

— Entrons dans la salle Vincent, dit Gaston d'un air provocant.

— Salle Saint-Vincent, rectifia l'ambulancière avec un sourire étonné.

— Oh ! moi, je n'aime pas les saints ! — et il fit une moue dédaigneuse.

— Eh ! bien, Monsieur « Vernay », avancez !

Et le sourire de tante Victoire était devenu profondément railleur.

— Je m'appelle « Chavernay » reprit-il avec une dignité froissée.

— Je sais bien, Monsieur !

— Alors ?

— Moi... je n'aime pas les chats.

À cette réponse, et surtout à l'air ahuri du sous-aide, un rire bruyant secoua les témoins de cette scène.

Tante Victoire regrettait déjà sa spirituelle réplique.

Elle craignait d'avoir blessé Gaston, peut-être trop profondément.

En effet, depuis ce moment Chavernay lui garda une véritable rancune, qu'il n'osait, cependant pas manifester ouvertement.

L'attirance suprême de cette femme de dévouement et d'héroïsme était si grande sur tous ceux qui l'approchaient, qu'elle avait, et dès le premier jour, forcé son estime et son respect.

Il aurait aimé à avoir avec elle des discussions même violentes. Il aurait éprouvé un véritable plaisir à être, non seulement vaincu, mais dompté par elle.

C'eût été une victoire pour lui d'attirer son attention et de préoccuper son esprit, ne fût-ce qu'un instant, dût-il crier sous les efforts de la lutte.

C'était même cette intention inavouée, sans doute, qui l'avait fait parler.

Mais il n'avait pu supporter une raillerie innocente, qui avait, et pour toujours, fermé la porte à toute controverse et qui s'était changée pour lui en une véritable et humiliante défaite.

On s'était moqué de lui, et elle avait provoqué le rire. Il ne pouvait pas lui pardonner de l'avoir traité en enfant.

Pendant l'absence de Chauvigné et de Michaud, rien de grave, en apparence du moins, ne se passa à Brangarten.

Chavernay fut constant dans sa rancune.

Il arrivait chaque matin à l'heure exacte de la consultation, saluait tante Victoire en esquissant un froid sourire.

Pendant qu'elle précédait le major et Jacques, il avait d'abord voulu s'attarder près de Simone.

Il avait eu pour elle des mots de triviale adulation, l'avait fixée d'un regard hardi.

Dès le premier jour, elle s'était sentie comme effarouchée dans sa timidité.

Avec son innocente candeur, elle s'étonnait de rester si à l'aise avec Jacques et d'être avec lui si troublée.

Double sentiment dont elle ne se rendait pas compte, mais qui la dominait toute.

Peu à peu elle avait pris coutume de s'attarder à sa toilette du matin. Elle n'arrivait qu'après la visite finie et le départ des médecins.

Ainsi elle ne trouvait plus que sa tante, les malades et Jacques Désallards.

Celui-ci avait transformé en école une chambre de l'ambulance.

Il faisait aux conscrits leurs correspondances, pourtant rares à cette époque, et leur donnait les premières leçons de lecture et de calligraphie.

Ils arrivaient pour la plupart complètement illettrés.

On avait fermé les écoles, chassé ou fait mourir les maîtres de l'enfance... C'est du reste une coutume des révolutionnaires. Au moins à cette époque ils n'étaient pas hypocrites, et les Jacobins criaient bien fort, en envoyant Lavoisier à l'échafaud, que la République n'avait pas besoin de savants.

Jollivet était l'élève favori du sous-aide.

Chaque jour, Jacques voyait Simone, et c'était déjà sa plus grande récompense.

Chaque jour aussi avait grandi son amour pour elle.

Ce sentiment, qu'il ne connaissait pas encore et qui le troublait délicieusemnt, avait germé dans son cœur et s'y était développé rapidement.

En lui-même, et de suite, il s'était donné tout entier.

Serait-il payé de retour ?... Il ne s'en était jamais préoccupé. Son amour jeune et frais n'attendait rien.

Et ce n'était pas la seule beauté de Simone qui lui avait touché le cœur.

Élevé à l'école du dévouement et de la piété, il recherchait autre chose que la beauté.

Il avait déjà rencontré des femmes aussi belles, et qui l'avaient laissé indifférent.

C'était tout en elle qui l'avait séduit, entraîné, subjugué.

C'était son ardente affection pour son père, sa tendresse attachante pour tante Victoire, sa soumission délicate à leurs moindres désirs, son dévouement sans bornes dans tout ce qu'elle appelait ses devoirs nouveaux.

Au milieu des malades, parfois grossiers jusque dans leurs reconnaissantes amabilités, jamais un nuage de tristesse, d'impatience ou d'ennui ne passait sur cette figure radieuse de jeunesse, d'innocence et de gaîté.

Tante Victoire elle-même ramenait sans cesse Jacques vers Simone qui s'était faite sa vivante copie.

Le visage grave et bon de l'ancienne religieuse l'attirait invinciblement.

Il aimait à prendre ses conseils, à suivre ses

avis ; parfois même il se surprenait à la considérer et à la vénérer comme sa mère.

Ses grands yeux bleus se fixaient souvent sur les yeux noirs de tante Victoire comme pour lui livrer tout son cœur et la laisser lire, ainsi que dans un livre ouvert, ses plus secrètes pensées.

La balle, lancée contre un mur, rebondit avec une force nouvelle ; de même sa religieuse estime pour la tante allait, par un ricochet tout naturel, atteindre la nièce.

Mais Simone aussi avait subi la douce influence du sous-aide.

Elle avait d'abord eu pour Jacques — et uniquement pour lui — de la reconnaissance, comme s'il avait été tout seul pour la délivrer de la main des bandits.

Elle avait admiré le fils qui parlait de sa mère en termes si affectueux, le frère qui savait comprendre les dévouements obscurs et leur vouer une reconnaissance profonde.

Elle avait remarqué la droiture, la loyauté, la conviction du chrétien.

Elle avait eu confiance en lui dès le premier jour, et, dès le premier jour, il avait occupé sa pensée.

Ce qui la charmait — et au-dessus de tout, — c'est qu'elle n'avait jamais eu à baisser les yeux devant son regard si plein d'un affectueux respect.

La sympathie était venue très vite se greffer sur tous ces divers sentiments, et de la sympathie à quelque chose de plus tendre, il n'y avait qu'un pas.

Bientôt elle s'était sentie aimée. Elle aima aussi.

Tante Victoire, à qui rien n'échappait quand sa responsabilité était en jeu, n'eût pas été femme si ce double sentiment lui fût resté inaperçu.

Elle l'avait vu naître, grandir et se développer rapidement.

Du reste il éclatait maintenant à tous les yeux.

Le chirurgien-major lui en avait même parlé.

— Que faut-il faire ? avait-elle répondu.

— Oh ! rien... mais je soupçonne fort que si tante Victoire n'aime pas les chats, elle a un faible pour le lard.

Et il était parti en riant de ce mot d'un goût douteux.

Oui, tante Victoire avait un faible pour Jacques, et si elle eût été la seule maîtresse, elle n'eût pas hésité un instant à confier l'avenir de sa nièce à un jeune homme qui lui donnait tant de garanties.

Devait-elle par son silence encourager cet amour ?... Elle attendrait le retour de son frère, et paraîtrait l'ignorer complètement jusqu'à cette époque.

## IV

### AU MONT SAINT-GOTHARD

— J'irai vers Souwaroff, je lui remettrai votre lettre, Monsieur Kieffer.

— Le chemin sera long et difficile.

— J'irais jusqu'au bout du monde pour assurer ma vengeance. Il y a sept ans que j'attends cette occasion. Oh ! si je pouvais massacrer tous ces Jacobins de malheur !

— Vous les haïssez donc à ce point-là ?

— Ils ont massacré mon père à la journée du 10 août 92 !

Kieffer, que nous retrouvons sur le mont Saint-Gothard, à Andermatt, envoyant un messager au général des armées coalisées, avait plus d'une corde à son arc.

Non seulement, comme il se plaisait à l'affirmer, il avait du foin dans ses bottes, mais il mangeait encore à plusieurs râteliers, et il ne s'en vantait pas.

Il y avait gros à gagner à fournir les armées républicaines ; il avait soumissionné et il était devenu le « fournisseur breveté » de mauvaises denrées qu'il se faisait payer comme si elles eussent été de première qualité.

Il y avait gros à gagner auprès de l'archiduc Charles, qui payait bien les renseignements qu'on pouvait lui donner sur les manœuvres de Masséna, et il était devenu le « fournisseur breveté » de renseignements.

Dans tous les pays on l'aurait appelé « escroc et espion » ; mais jamais la police n'avait mis le nez dans ses affaires, et les Français ne l'avaient jamais soupçonné.

Kieffer connaissait la haine de Bardi, il en connaissait surtout le motif.

Il n'avait pas eu besoin des explications du messager.

La sanglante et honteuse journée du 10 août avait causé dans toute la Suisse une émotion, bien légitime du reste.

Et l'espion savait habilement s'en servir.

C'était surtout parmi les parents des victimes qu'il recherchait des complices de son œuvre déloyale, mais lucrative.

A Bremgarten, il avait déjà, par Müller et sa fille, établi à la brasserie tout un système de renseignements.

A Andermatt, où il venait d'arriver, il avait choisi son homme.

Avec Carlo Bardi, il n'aurait pas un florin à débourser, et le général russe serait sûrement informé, et à temps.

— De plus, vous aurez une forte récompense, Carlo.

— Je n'y tiens pas.

— Vous descendrez la vallée du Tessin et vous rencontrerez Souwaroff avant d'arriver au lac Majeur.

— Je le trouverai, soyez sûr.

— Vous lui affirmerez de vive voix ce que je lui confie par cette lettre. Vous lui direz : « La route du Saint-Gothard est libre. Six cents hommes seulement ont pris leurs quartiers à Hospenthal, pour garder la vallée de la Reuss. »

— Une bouchée pour lui !...

— A peine... Je l'avise aussi dans cette missive que vous pourrez lui servir de guide.

— Je lui en servirai. Je le conduirai moi-même jusqu'à Zurich et je lui aiderai à les massacrer à mon tour.

— Pressez-vous... Je suis obligé de redescendre.

— Je pars.

— Ah !... Vous lui direz aussi que je retourne à mon poste, que je ferai parvenir les mêmes renseignements à Korsakoff, à Hotze et à l'archiduc Charles.

— Entendu.

— Vous ajouterez que, « à Flüelen, il trouvera toute une flottille qui permettra à son armée d'arriver rapidement et sans fatigue jusqu'à Kussnacht par le lac des Quatre-Cantons. Alors il sera à deux journées de marche d'une armée vaincue ».

Les deux hommes se séparèrent, l'un pour assurer sa vengeance, l'autre pour continuer son petit commerce.

Kieffer descendait, par le « Trou d'Uri » et le « Pont-du-diable », la vallée de la Reuss aussi promptement que le lui permettait un abrupt chemin pratiqué par les seuls muletiers du pays.

Ce n'était qu'un sentier tracé dans une fente, ouverte au milieu de la montagne, gorge affreuse, toute frémissante de la colère du torrent, encombrée de rochers géants et dénudés qui l'étreignent de toutes parts (1).

Il marchait péniblement depuis trois heures, accompagné de son guide, Max Schmith.

Sur le point d'arriver à Wassen, ils étaient tous deux descendus de mulet.

Ils s'étaient arrêtés quelques instants pour reprendre haleine et contempler la sublime horreur du paysage.

Tout à coup, une énorme pierre descend de la montagne, brise tout sur son passage, bondit avec violence d'un pic sur un autre, entraîne dans sa chute une avalanche grossissante de rochers, et, avec un bruit épouvantable, qui domine un instant les clameurs de la Reuss, se précipite et couvre de ses débris fracassés l'endroit où sont assis les deux voyageurs.

Quelques instants s'écoulent. On n'entend plus que les eaux sonores du torrent qui mugit.

Un homme, avec une prodigieuse habileté, se glisse au milieu des rochers et laisse apercevoir une tête embroussaillée de cheveux roux... Ses petits yeux gris fouillent le sentier. Alors, avec une marche rampante et cauteleuse, il se dirige vers le lieu de « son accident ». Sous les décombres amoncelés, il y avait une fortune, il n'avait qu'à tendre la main...

C'était « Hounegrelaildre », qui avait adroitement emprunté un mulet à Bremgarten et avait suivi le fournisseur. Il aurait été jusqu'au bout du monde, s'il eût fallu aller jusque-là.

Sur le chemin de la vie, on rencontre assez souvent de ces êtres qui naissent pour être et rester dans la misère.

Le malheur semble rivé à leurs pieds comme le boulet à la jambe du forçat. C'est un accouplement hideux et qui n'admet pas de divorce. Jaühn, dit Hunegerleider, Meurt-de-faim, était de ce nombre. Son enfance avait été triste. Repoussé par sa mère à cause de sa laideur, battu par son père à cause de sa méchanceté, ses camarades d'école l'avaient exclu de leurs jeux pour les deux motifs à la fois.

N'ayant eu ni frère ni sœur, il n'avait pas même connu l'amitié fraternelle. Il avait de ces

(1) La route actuelle n'a été ouverte qu'en 1832.

prit qui s'était transformé en astuce. En grandissant, son cœur aigri était devenu cruel. Jeune homme, ceux de son âge fuyaient sa compagnie. Les jeunes filles aimaient à se gaudir de lui et le poursuivaient de leurs railleries.

A l'âge d'homme, il avait toujours trouvé sur son chemin Kieffer qui lui barrait le passage.

Une fille, par compassion sans doute, peut-être aussi par coquetterie ou intérêt, lui avait paru bonne et l'avait accueilli avec moins de dureté que les autres.

Jaühn l'avait aimée, et, un jour, il avait osé le lui dire.

C'était un dimanche soir ; il s'était approché d'elle, et, avec une voix émue :

— Est-ce vrai, ce que l'on dit ?

— Et qu'est-ce que l'on dit, Jaühn ?

— Que vous allez vous marier !

— Est-ce que Monsieur Jaühn le trouverait mauvais ?

Et la figure de la jeune fille avait pris une expression railleuse.

Il était devenu pâle comme un mort, et il tremblait en balbutiant :

— C'est que, voyez-vous, j'en mourrai !

— Mourez si vous voulez, Jaühn... mais c'est décidé.

Quelques jours plus tard, elle épousait Kieffer — un étranger — et quittait le pays.

Jaühn n'était pas mort, mais il avait fait une grave maladie.

Un jour, il avait voulu monter un petit commerce : il s'était fait colporteur.

Soit incapacité, soit déveine, soit débauche — peut-être les trois causes à la fois, — il avait une dette et pas un kreutzer pour la payer.

Son créancier, c'était Kieffer, qui le poursuivait sans le connaître, sans espoir de rentrer dans sa petite avance, et pour le plaisir de poursuivre quelqu'un et de donner un avis gratis à des débiteurs futurs.

Il sortait de prison lorsque les armées françaises avaient envahi la Suisse. Il s'était fait espion... Il fallait bien vivre.

Mais quand il arrivait pour vendre ses renseignements, un autre l'avait précédé et en avait touché le prix.

Un jour, il s'était présenté à l'archiduc Charles :

— Tu arrives trop tard.

— Monseigneur ne sait peut-être pas ?...

Mais Monseigneur savait, et il avait déjà payé.

Celui qui avait passé avant lui, c'était Kieffer... il l'avait bien reconnu.

Kieffer avait le moyen d'agir. Il dépensait avec profusion, et son argent lui rapportait de gros intérêts.

Mais n'est pas grand seigneur qui veut. Aussi Jaühn s'était fait mendiant, avait pris le surnom de « Meurt-de-faim », et s'était mis à bégayer.

C'était son moyen d'arriver au même but.

En voyant Kieffer à Bremgarten, et sur son propre terrain, il avait décidé coûte que coûte d'en finir avec lui.

La chance avait tourné, enfin... et à sa faveur.

Et le mendiant, le « Hünegerleider », avait tous les atouts en main ; il connaissait son adversaire et n'en était pas connu.

Il aurait pu unir ses perquisitions à celles de son concurrent... à deux, on est dix fois plus fort. Mais il eût fallu partager. Jaühn n'aurait pas eu le gros lot. Du reste, il n'aimait pas les partages.

Aussi, par rancune et par intérêt, il avait juré de se débarrasser de lui, dût-il le dénoncer aux autorités françaises et se faire payer sa nouvelle trahison.

Mais il ne voulait recourir à ce dernier moyen que s'il voyait la chance tourner encore une fois contre lui. Il est toujours dangereux de mettre les autres dans ses affaires.

Kieffer s'était dirigé vers Kussnacht... donc, il devait y avoir quelque chose à apprendre par là. Quoi ? Il ne savait pas; mais il avait toujours sa vengeance à assouvir, et les circonstances dicteraient sa conduite... et il était parti.

Un soir, il avait pu — par hasard — jeter un regard indiscret sur le contenu du sac que son riche confrère portait toujours en sautoir.

Cette vue l'avait décidé à lui assurer une mort... accidentelle.

Meurt-de-faim s'avançait donc vers le lieu de l'éboulement. Il tenait la vengeance et la fortune tout à la fois.

Mais soudain il s'arrête... Sa figure exprime l'épouvante.

Il venait d'apercevoir brusquement, au détour d'un rocher, deux soldats qui descendaient, précédés et suivis de leurs guides.

« Hounegrelaüdre » avait reconnu le capitaine Chauvigné et le sergent Michaud !

Il y avait trois semaines que nous avions perdu la désastreuse bataille de Novi.

L'Italie, qui en était l'enjeu, avait été arrachée à la domination française et replacée sous la protection des aigles d'Autriche et de Russie.

Souwaroff, vainqueur, s'apprêtait à franchir le Saint-Gothard avec 25 000 hommes.

Il devait descendre par cette même vallée de la Reuss et venir attaquer à revers l'armée de Masséna, pendant que Korsakoff, avec 35 000 soldats, l'attaquerait en tête, et Hotze, sur le flanc droit, avec ses 25 000.

L'armée française, enveloppée par des forces deux fois supérieures aux siennes, était perdue si le plan ennemi réussissait.

Le père de Simone avait été choisi pour porter les ordres de Masséna.

Lecourbe, avec 5 000 hommes, opérait dans les Grisons.

Il devait se porter au-devant de Gudin, qui, avec une demi-brigade seulement, tenait au mont Saint-Gothard, comme en sentinelle perdue.

Les deux généraux devaient combiner leurs forces et fermer le chemin de la Reuss au chef des armées coalisées.

Chauvigné et Michaud avaient rencontré Lecourbe à Disentis, non loin des sources du Rhin, et ne le précédaient que de quelques jours à Hospenthal.

Gudin avait répondu au capitaine :

— Allez dire à Masséna qu'il peut compter sur nous. Mes hommes, habitués aux montagnes, sont vigoureux, alertes, entraînés et tireurs habiles.

Au milieu des sentiers impraticables et dont ils connaissent chaque détour, ils tiendront bon. Un contre quarante, au mont Saint-Gothard, les chances sont égales.

Mais, avec Lecourbe, nous tuerons la moitié des soldats de Souwaroff...

Kieffer avait passé au mont Saint-Gothard trois jours trop tôt, et ses renseignements hâtifs devaient précipiter le désastre des Russes.

Chauvigné, ses ordres exécutés, regagnait Bremgarten.

Il sentait la bataille imminente et voulait partager, avec sa compagnie, les dangers et les gloires futures.

Michaud était encore plus impatient que lui.

Du reste, la neige commençait à tomber ; les hauts plateaux en étaient recouverts, et Andermatt avait déjà repris ses blancs vêtements des saisons hivernales.

— Capitaine ! un éboulement ! cria soudain le guide qui précédait la petite caravane — et il étendait le bras dans la direction de la catastrophe.

— Le bon Dieu nous protège, dit Chauvigné, en faisant le signe de la croix avec tous ceux qui l'accompagnaient.

— Cinq minutes plus tard, nous étions ensevelis, dit Michaud, dont la cicatrice n'avait pas changé de couleur.

Les voyageurs descendirent plus vite encore, et ils furent bientôt sur le lieu de l'accident.

— Du sang !

— Il y a des morts ! soupira le capitaine.

— Et des blessés !

— Au secours ! criait une voix lamentable que le bruit des cascades retentissantes avait empêché d'entendre plus tôt.

— Qui est là ?

— C'est moi, Kieffer.

Il était étendu sous la courbure d'un rocher, affalé comme un navire jeté à la côte par la tempête.

Ses yeux agrandis par l'épouvante, bouffis et sanglants, semblaient sortir de leurs orbites.

Sa figure convulsée était toute blanche, rayée de nombreuses couperoses qui lui donnaient un visage effrayant.

En face de lui, sous un bloc qui lui avait brisé la poitrine, le guide gisait inerte et dans une mare de sang !

— Pauvre Max Schmith !... en voilà encore un ! Bientôt ce sera notre tour !

— Une croix de plus à planter sur ce chemin funèbre, répondait son compagnon.

— Capitaine ! votre gourde, demandait le sergent.

Mais déjà Chauvigné l'avait portée à la bouche de Kieffer et lui avait fait avaler quelques gouttes d'eau-de-vie.

Il n'avait pas même une égratignure.

Il avait eu horriblement peur. C'était la seule cause de ses cris.

— Comment l'accident est-il arrivé ?

— Je n'en sais rien... Je me reposais un instant... quand je me suis senti jeté par la main vigoureuse de mon guide sous ce rocher... puis un fracas épouvantable... puis du sang... J'ai failli perdre connaissance.

— Pauvre Max !... toujours le même... il n'a pris que le temps de vous sauver !

Les guides avaient dégagé le cadavre de Schmitt, l'avaient placé sur une de leurs mules et avaient donné l'autre au survivant de la catastrophe.

Le lugubre cortège descendit lentement à Wassen.

L'espion considérait Chauvigné et Michaud avec curiosité.

— Que sont-ils venus faire au Saint-Gothard ? Il faut absolument que je le sache.

Puis, retombant dans une méditation profonde, il essayait de verser une larme absente sur le sort de son guide.

En réalité, il était tourmenté.

— Quelle réponse leur donner, s'ils s'avisent de m'interroger ?

Enfin, heureux, il avait trouvé le moyen de concilier les choses, de tout savoir et ne rien faire.

— Ne suis-je pas fournisseur breveté des armées françaises ? Je répondrai : « Ordre du général... discrétion obligatoire. » Et j'ajouterai : « Notre voyage a peut-être de même but... qui sait ? » Et alors... s'il répond ! ! !

Le cortège arriva à Amsteg.

Le capitaine n'avait pas ouvert la bouche. Il n'avait fait que prier silencieusement.

On déposa le cadavre dans un humble chalet, près d'une femme en pleurs, entourée de petits enfants.

Il y avait en Suisse une veuve de plus et quatre nouveaux orphelins !

Jahn avait pris la fuite. Il avait à grandes enjambées descendu les nombreux lacets du chemin, avait passé à Wassen sans s'arrêter ; puis, arrivé à Amsteg, il avait, avec son mulet « emprunté » qu'il vendait à Küssnacht, repris le chemin de Bremgarten.

Le long de la route, il murmurait :

— Voyage inutile... tout est à recommencer... et je serai peut-être plus heureux à notre prochaine rencontre.

## V

### UNE CHAMBRE À TROIS LITS

Pendant la matinée du dimanche 22 septembre — et, selon le calendrier républicain, le sixième et dernier jour des « sans-culottides an VI » — le roulement du tambour montait vers Bremgarten de tous les côtés à la fois.

Sur les routes de Baden et d'Aarau et sur les deux rives de la Reuss, des pas résonnaient vigoureux et cadencés.

Des colonnes de soldats se succédaient sans relâche, rangs serrés, entraînés par la musique militaire.

Bientôt une ville nouvelle, plus peuplée que l'ancienne, faite avec des toiles grises, escaladait les pentes raides et boisées des montagnes voisines. Elle s'étendait sur les routes de Dietikon et de Birmensdorff, un peu au delà de l'ambulance.

C'était là que les Français allaient bivouaquer.

Toutes les maisons de Bremgarten avaient été comme prises d'assaut.

En voyant toutes ces troupes réunies, on prévoyait une bataille prochaine et décisive.

Jacques et Gaston avaient suivi leurs mouvements avec beaucoup d'intérêt.

De retour au *Sanglier d'argent*, ils attendaient un déjeuner qui n'arrivait pas.

— Midi est sonné depuis vingt minutes, disait Chavernay, de mauvaise humeur !

— Patience, mon cher, patience, répondait son ami.

Autour d'eux, la cohue des convives grouillait.

Un brouhaha de conversations, de cris, d'appels les assourdissait.

Herman ne pouvait se mouvoir et ne savait à qui répondre ni où porter son embonpoint. Il roulait des yeux désespérés :

— Excusez-moi, Messieurs !... excusez-moi !... j'en perds la tête !

— Pressez-vous !

— De tous les côtés on me réclame. Vous le voyez bien ! Messieurs, un peu d'indulgence !

— Mais, dit Jacques en souriant, parce que l'on vous réclame de tous les côtés, vous prenez prétexte de n'aller nulle part.

— C'est plus facile.

— Je suis en nage, vous le voyez bien, Messieurs !...

Il s'essuyait le front et piétinait sur place.

Cependant le nombre des officiers diminuait par degrés, impuissants qu'ils étaient à trouver une chaise ou un banc.

Bientôt il ne restait plus que les habitués. Herman était désespéré.

Il eût voulu pouvoir héberger tout ce monde qui lui était arrivé. Il calculait d'un air maussade un bénéfice qui s'en allait avec les clients.

— Désolé ! Monsieur Kieffer, désolé !... mais je n'ai plus de place, disait-il...

Et il encombrait le seuil de la porte pour en défendre l'entrée au nouvel arrivant.

— Et plus désolé que vous, maître Herman !

Et le fournisseur forçait la consigne.

— Mais il faut absolument me loger. Je n'ai pas pour m'abriter une tente comme ces Messieurs, et c'est dommage, ajoutait-il en regardant les deux sous-aides.

— Désolé ! Monsieur Kieffer, profondément désolé !

— J'ai l'habitude de descendre au *Sanglier d'argent*, et on ne renvoie pas un client comme moi, maître Hermann !... surtout lorsque vous savez qu'il n'y a plus de place en ville !

Kieffer, à son retour du mont Saint-Gothard, était descendu chez Müller directement, et, entraînant aussitôt Laure dans une chambre voisine :

— Devine qui j'ai rencontré sur ma route ?

— Mais je ne sais pas.

— Le capitaine Chauvigné et son inséparable Michaud, le sergent.

— En effet, ils sont absents depuis plus de quinze jours. Du reste, ils sont partis le même jour que vous.

— Il faut savoir la cause et le but de ce voyage, cela est important.

— Important !... Cela ne m'étonne pas. Ce matin on a lu au rapport que Chauvigné est nommé commandant et Michaud sous-lieutenant. Les officiers en causaient beaucoup.

— C'est une récompense considérable. Donc, leur mission était extrêmement grave.

— Et vous ne les avez pas interrogés ?

— Je n'ai pas pu... J'avais même peur d'être interrogé sur ma présence au Saint-Gothard.

— Avec votre adresse !...

— Du reste, ils m'ont échappé... Et puis pas commodes, ces gens-là.

— Eh bien ! je crois avoir trouvé un moyen, dit Laure triomphante.

— Lequel ?

— Chavernay !... vous savez ?...

— Chavernay ? Je ne connais pas.

— C'est un sous-aide nouvellement arrivé... Il a sauvé la fille du capitaine... Et par lui...

— Comment ?

— Je m'en charge... s'il sait quelque chose, je saurai.

— Très bien... je vais agir de mon côté. Tous logent chez le voisin, je vais m'y installer.

— Ce sera difficile. Herman n'a plus de chambre.

— J'en trouverai une... il le faut.

Et Kieffer était venu chez l'hôtelier, bien décidé à se faire abriter au *Sanglier d'argent*.

Herman était dans la désolation. Il était obligé d'éconduire un habitué, alors que ce client était « Monsieur Kieffer ! » Il essaya de le retenir :

— Et comme j'ai l'honneur de vous le dire, restez si vous voulez... mais vous ne pourrez avoir d'autre lit que la chaise sur laquelle vous êtes assis, et pas d'autre chambre que cette salle.

— C'est entendu, vous trouverez bien à me loger. En attendant, je meurs de faim.

— Désolé ! Désolé ! mon cher Monsieur Kieffer... voilà — et il montrait le déjeuner que tardivement il apportait aux deux sous-aides, — voilà tout ce qui me reste... plus un os,... plus une croûte.

— Et de la choucroute ?

Et Kieffer s'applaudissait d'un éclat de rire.

— Pas de quoi remplir le dé de ma femme.

— En ville, pourtant, vous pourriez trouver quelque chose. Il s'agit de vouloir.

— En ville, plus de pain chez le boulanger... plus de viande chez le boucher... plus rien, rien nulle part... on a couru partout !

— Puisque maître Herman n'a plus rien à vous offrir, dit Jacques en se levant, voulez-vous, Monsieur, partager notre repas ? C'est avec simplicité que nous vous l'offrons, mais du moins c'est de bon cœur.

— Je n'en doute pas, Messieurs, et voilà la raison qui me fait accepter votre généreuse invitation.

De ses gros yeux saillants, il fouillait la physionomie des sous-aides.

— Il y aura certainement quelque chose à tirer de leur jeunesse et de leur inexpérience, se dit-il à lui-même.

Puis tout haut il ajouta :

— Seulement, permettez-moi, pour arroser votre carpe et vos côtelettes, de vous offrir à mon tour quelques bouteilles de vin.

— Volontiers.

— Herman !

— Désolé ! Monsieur Kieffer... désolé ! Et l'hôtelier s'avançait avec une désespérante lenteur, l'air ennuyé, maussade même. Désolé ! je ne puis pas.

— Trois bouteilles de vin, et du meilleur !

— Oh !

Et la figure de l'aubergiste s'illuminait.

— Oh ! du vin ! je puis vous en donner... Dieu merci ! ma cave n'est pas à sec !

— Il y a un puits au milieu, n'est-ce pas ?

Jacques et Gaston s'étaient mis à sourire.

Herman n'avait pas entendu. Il continuait, heureux de parler :

— Elle est bien connue, allez ! la cave du *Sanglier d'argent*. A vingt lieues à la ronde, il n'y en a pas une mieux-montée que la mienne. Et si j'avais autant de chambres à donner qu'elle contient de bouteilles, vous ne coucheriez pas ce soir à la belle étoile. Est-ce du vin du pays ?

— Non, non... du meilleur !

— Du meilleur ? dit Herman scandalisé. Il n'y en a pas de meilleur que celui de nos côtes !...

— Avez-vous du bourgogne ?

— Et du bon ! Il pourrait presque rivaliser avec le nôtre. J'ai même un certain beaunois qui fait claquer la langue au palais. Seulement, pour le prix, il se fait dire vous.

— Apportez du beaune... ça nous fera causer.

Et Kieffer vint s'asseoir en face des deux jeunes gens, à la place même où il avait déjeuné lors de son dernier voyage, dix-sept jours auparavant.

Le beaunois ne tarda pas à faire son effet.

On mangeait peu, on buvait plus souvent, on parlait beaucoup et surtout des événements d'Italie.

— Souwaroff est un rude jouteur, disait Kieffer.

— Peut-être... mais d'une cruauté inouïe. Vous vous souvenez de sa proclamation : « On ne fera pas de quartier... ce n'est pas mon habitude... Au contraire, combattez, attaquez avec le sabre et la baïonnette... taillez en pièces, égorgez vos ennemis, en poussant les cris accoutumés : Hourra ! Hourra ! »

— Et l'on raconte que vingt mille Français ont trouvé la mort sur le champ de bataille de Novi.

— Mais les Russes en ont perdu autant !

— Avouez, Messieurs, dit Kieffer avec une feinte tristesse, que la France a bien mérité d'être punie. Ne s'est-elle point souillée par des crimes abominables ? Ainsi, moi, Kieffer, aujourd'hui fournisseur breveté de vos armées, j'ai bien souffert par elle...

— Comment ?

— J'avais mon pauvre frère — et sa voix se faisait tremblante et émue, — il était capitaine aux gardes-suisses. Il était aux Tuileries, à la journée du 10 août, où vingt-six officiers et sept cent cinquante soldats furent égorgés. Ils ont tué mon frère... ils l'ont fait cuire... ils ont mis son cœur à l'eau-de-vie, et, comme des cannibales, ils l'ont dévoré !

Cette scène monstrueuse, et malheureusement historique, était, nous l'avons vu, son thème favori, et il l'exploitait avec une habileté consommée.

— Ce n'est que le crime de quelques-uns, dit Gaston.

— C'est bien le crime de la nation et qui se continue depuis trop longtemps !

— C'est vrai, confessa Jacques.

La porte s'ouvrit et la tête de « Hounegre-lalldre » apparut.

Il entra doucement, caressa un instant de sa main droite le sac de son opulent confrère, puis, tendant à Jacques sa main gauche creusée en coupe :

— Un peu de... de..., de sel, si... si... s'il vous plaît ?

— Et pourquoi faire ? dit Gaston en riant.

— Pour sa... sa... saler les œufs que ja... ja... j'achèterai avec la... la... l'argent que Kikiki... Kikiki... Kikiffre va me donner.

— Je ne te connais pas, qui es-tu ? répondit celui-ci en dévisageant le mendiant.

— Je... je... je vous coco... coco... connais bien.

— Je n'ai jamais vu une aussi laide figure que la tienne !

— Vous ne vous coco... coco... connaissez pas !... Faut-ti... ti... il... une glace à Mo... Mo... Mossieu ?

— Insolent ! va-t'en au diable !

— Merci... et qu'il vous empo... popo... porte avec vos écus !

Et Jaühn tendait toujours la main.

Kieffer lui donna un kreutzer pour s'en débarrasser.

Meurt-de-faim le reçut, cracha dessus, le laissa tomber, et, en s'en allant :

— Au revoir, Kikiki... Kikiki... Kikiffre !

— Vous voyez, Messieurs, qu'il ne fait pas bon coucher à la belle étoile !

Tout en causant, Kieffer s'était baissé et avait ramassé le kreutzer que « Hounegrelaüdre » avait jeté à ses pieds avec tant de mépris.

Il n'y a pas de petits bénéfices.

L'espion avait continué, d'une voix traînante et quêteuse :

— Vous avez votre chambre et chacun votre lit... tandis que moi... fournisseur breveté de vos armées... je ne saurai pas où reposer ma pauvre tête fatiguée.

— Qu'à cela ne tienne, dit Jacques avec un élan tout spontané, je vous offre le mien. Je puis coucher avec Gaston ; ce ne sera ni la première ni, j'espère bien, la dernière fois.

— Oh ! j'accepte, répondit vivement Kieffer enfin parvenu à son but.

— Maître Herman nous avait donné sa chambre, poursuivait Gaston, nous pouvons bien partager et vous en donner la moitié.

— Vous êtes notre doyen et notre pourvoyeur ; deux titres suffisants pour accepter.

— Maître Herman ! héla Gaston.

L'hôtelier accourut de bonne humeur.

— Qu'y a-t-il ? Messieurs, qu'y a-t-il pour votre service, encore une bouteille ?

— Nous offrons un de nos lits à M. Kieffer, et il a bien voulu accepter.

— Certainement.

— Ces Français, toujours aussi généreux que braves ! Je les connais bien... on ne dirait pas qu'ils ont un gouvernement comme ils en ont un. Dommage que vous serviez une république de Jacobins. Mais cela ne nous empêche pas de vous aimer et de vous admirer. Vous le savez bien. Et puis, attendez donc, on peut encore s'arranger autrement... Nos lits ont plusieurs matelas, et de bons. On peut en mettre un ou deux par terre. Venez, Messieurs, venez... nous allons avec la bourgeoise organiser votre chambre à trois lits. Wilhelmine !

La bourgeoise, aussi maigre que son mari était gros, arriva au premier appel, et avec une voix douce :

— Qu'y a-t-il pour votre service, Messieurs ?

— Il y a, répondit l'hôtelier, que nous allons faire un vrai dortoir de notre chambre. Et M. Kieffer, grâce à l'obligeance de ces jeunes majors....

Wilhelmine leur fit une gracieuse révérence.

— Oh ! tu peux les saluer. Ils le méritent bien. Vous dormirez bien chez moi.

Et pendant qu'Herman continuait un discours que personne n'interrompait, on traversa le corridor, on ouvrit la chambre qui faisait le pendant de la salle à manger.

Un lit fut bientôt installé entre le poêle, la porte qui communiquait avec la cuisine et celle qui ouvrait dans le cabinet où reposaient momentanément l'hôtelier et son épouse.

Jacques le choisit et laissa ceux de l'alcôve à Kieffer et à Gaston.

— Je suis dans la place, murmurait l'espion, je trouverai bien le moyen de savoir quelque chose. En tous cas, il vaut mieux être à l'arrière-garde qu'aux avant-postes pour connaître le plan d'un général.

Aussitôt que l'hôtelier et sa femme eurent disparu, Kieffer prit possession de son lit qu'il marqua de sa valise.

Puis, avec une figure subitement inquiète :

— Vous êtes jeunes, Messieurs... à votre âge, il faut bien un peu d'argent pour s'amuser... et aujourd'hui, il est rare... votre république ne vous en donne guère.

Les deux jeunes gens le regardaient avec un silence interrogateur.

— Moi non plus, je n'étais pas très riche à votre âge. Je suis parti de bonne heure de mon pays, je suis arrivé à Baden il y a quarante ans, moi Kieffer, avec deux chemises de grosse toile, une veste dans mon sac, un simple thaler dans ma poche. Et aujourd'hui... mais cela ne doit guère vous intéresser.

— Mais je vous demande pardon, cela nous intéresse beaucoup, au contraire.

— Aujourd'hui, je suis riche, et pas plus fier pour ça, vous voyez.

Les jeunes gens sourirent sans répondre.

— J'ai trouvé ma fortune dans un tas de mousseline et de dentelle... et pour trouver 200 000 francs au bout de mon aune, je me suis donné fameusement du mal.

— Oui, dit Jacques, vous avez dû mener une vie de travail.

— Et je puis porter le front haut. J'ai marché sans cesse dans le bon chemin. Sur toutes les places de Suisse, d'Allemagne, d'Autriche et même de France, vous ne trouverez pas un fabricant, pas un brodeur, pas un marchand, pas même un ouvrier qui ne dise : « Personne n'a jamais regretté d'avoir eu affaire à M. Kieffer. On peut se fier à lui. »

Il se grisait en parlant. C'était peut-être l'effet du beaune !

— C'est au point que, si j'avais dû choisir entre l'honneur et la fortune, je ne sais vraiment pas... ou plutôt si, je sais bien comment je me serais décidé.

Gaston n'écoutait plus, il regardait la pendule. Laure devait l'attendre.

L'espion s'en aperçut, il résolut de prendre les grands moyens.

— Enfin, ce n'est plus la peine de parler de tout ça... Eh bien ? voyez-vous, j'ai une grande tristesse !

— Vous ? dit Jacques.

— Oui. Je n'ai point de famille. J'ai perdu ma pauvre femme quelques jours après la mort douloureuse de mon frère... Les brigands l'ont tué. Sa femme est morte de chagrin, et la mienne, bouleversée, a été vite les rejoindre au tombeau.

Il y eut un religieux silence. Kieffer paraissait sous le coup d'une véritable émotion.

— Oh ! les misérables, cria-t-il soudain ! Qui donc pourra m'aider à me venger ?

Jacques et Gaston le contemplaient avec intérêt.

— Tenez — et il montrait le sac qu'il portait en sautoir, — j'ai là 200.000 francs, en or, en diamants, en billets de toutes espèces... eh bien, ils sont à vous, si vous pouviez m'aider à massacrer tous ces misérables.

La vengeance n'est-elle pas permise ?... Partagez-les, Messieurs, 100.000 francs à chacun de vous si les plans de Masséna...

— Une trahison ? C'est donc là que vous vouliez en venir ? dit Jacques indigné.

Gaston avait tiré son épée du fourreau, et d'une voix brève et saccadée :

— Je vous arrête !

L'espion, sans faire aucun mouvement, s'était mis à sourire d'un air béat.

— Oh ! Messieurs ! Votre indignation me fait plaisir, elle me touche et me rassure. Je puis donc me fier à votre loyauté. J'ai là, dans mon sac, le triple de cette somme...

— Qu'est-ce que cela peut nous faire ?

— Si vous eussiez accepté le hideux marché que je vous proposais, continua Kieffer sur un ton de bonhomie candide, je bouclais ma valise et j'allais demander à d'autres officiers plus loyaux, une place sous leur tente. Je n'aurais jamais voulu confier ma fortune et ma vie à des soldats, à des traîtres qui auraient pu vendre leur patrie pour quelques écus.

Gaston avait remis son épée au fourreau. Jacques souriait.

— J'accepte donc votre offre et je confie à votre loyauté mon argent et ma personne.

— Vous êtes sous la sauvegarde de mon honneur.

Et Gaston faisait un geste emphatique, selon la coutume de l'époque.

— Et de ma foi, ajouta Jacques avec simplicité.

— Les apparences sont sauvées, murmura Kieffer, mais il ne faudrait pas commettre une seconde maladresse... Allons m'entendre avec la Müller.

## VI

### LES BARQUES DE LA REUSS

Le capitaine, toujours accompagné du sergent, avait laissé à Amsteg Kieffer qui débattait, au mieux de sa bourse, ses intérêts avec la famille du malheureux Schmith.

Il était revenu à franc étrier et avait fait à Masséna lui-même son rapport sur l'exécution des ordres reçus.

— J'aurai encore besoin de vous, « commandant », et de votre « sous-lieutenant Michaud ».

Les deux soldats saluèrent. Masséna avait ajouté :

— Ce soir, à Bremgarten, où vous allez retourner aussitôt, le général Gazan vous portera mes ordres en même temps que vos brevets.

— Merci, mon général, vous pouvez compter sur nous.

— Je le sais.

Et les deux officiers congédiés étaient rentrés joyeux à leurs quartiers.

Tante Victoire les attendait avec impatience.

Ce même dimanche, après le déjeuner, et pendant que Simone était sortie, accompagnée de Michaud, « son » nouveau sous-lieutenant, tante Victoire se trouvait seule avec son frère.

— J'ai à vous parler, dit-elle.

— Qu'y a-t-il donc ? Je ne vous ai jamais vu, ma sœur, un air aussi solennel.

— Il y a ce qui devait arriver.

— Et que devait-il arriver ?

— Un jeune homme ne se trouve pas impunément jeté dans la vie d'une jeune fille. Le cœur parle et alors...

— Et alors ?

Le commandant souriait.

Tante Victoire ne savait plus trouver ses phrases.

— Simone et Jacques... soupira-t-elle embarrassée, comprenez-vous, frère, qu'il s'agit de notre Simone.

Chauvigné avait bien compris. Sa figure rayonnait. Il avait fait un rêve. Allait-il donc se réaliser ?

— Vous a-t-elle parlé ?

Et sa voix se faisait pressante.

— Non ! Je n'ai même pas voulu l'interroger.

— Vous avez bien fait. Mais comment avez-vous pu savoir ?

— Je les ai devinés.

— Alors, c'est réciproque ?

— Je le crois. J'ai d'abord étudié Simone. Son cœur est pour moi comme un miroir, il reflète tous les sentiments qui peuvent y rayonner.

— Elle est pure et elle est si belle, dit le commandant, avec un orgueil paternel, et bien légitime assurément.

— Oui, elle est surtout naïve dans sa candeur. Mais ce n'est qu'un sentiment naissant... s'il le faut — et sa voix devenait hésitante — on peut encore le combattre.

— Pourquoi ? Désallards est très chrétien ; il me plaît beaucoup, et sa rencontre n'est-elle pas tout à fait providentielle ?

— Hier, je croyais que Simone aimait Jacques... aujourd'hui, j'en suis sûre.

Tante Victoire avait enfin osé être affirmative, lorsqu'elle avait été certaine du consentement de son frère.

— Ah ! ah ! fit le commandant.

Puis après un silence, il ajouta :

— Et Jacques, vous ne l'avez pas interrogé ?

— Y pensez-vous ?

— Alors ? — et Chauvigné ouvrait de grands yeux — alors il a parlé.

— Non, pas encore... mais c'est tout comme

'il avait parlé. Il ne voit qu'elle, il ne pense qu'à elle. Il n'agit que pour elle... L'autre jour, je lui ai demandé des nouvelles de sa mère et de ses sœurs.

— Ah ! et comment vont-elles ?

— Bien, à ce qu'il paraît. Mais savez-vous ce qu'il m'a répondu ?

Et sans attendre, tante Victoire continuait :

— Quand vous les connaîtrez, m'a-t-il dit, vous verrez comme elles vous aimeront. Oh ! Simone sera bien gâtée par elles, comme je l'ai été, du reste.

— En effet, cela en dit beaucoup.

— Tenez, mon frère, vous allez peut-être me trouver mauvaise...

— Mauvaise ! vous ?

Et Chauvigné contemplait sa sœur dans une affectueuse extase.

— Savez-vous ce que j'ai fait d'abord en découvrant ce mutuel amour ? J'ai pleuré.

— Pleuré !... de joie ?

— Non... et elle souriait avec tristesse...

Le commandant ouvrait de grands yeux.

— Cela vous étonne, frère ?... Mais je l'aime tant, notre Simone ! Jusqu'à ce jour, j'étais sa mère... j'étais tout pour elle, maintenant — et il y avait de l'amertume dans la voix et dans le geste — maintenant, je ne serai plus que sa tante... je ne serai bientôt plus qu'une Sœur de Charité... lorsque j'aurai repris mon costume de religion.

— Oh ! quelle idée.

— Oui, c'est une pensée d'égoïsme. Je l'ai chassée... elle est revenue. Oh ! j'en ai bien demandé pardon à mon Jésus.

Il y eut un silence pendant lequel on aurait pu entendre leurs deux cœurs palpiter à l'unisson.

— Eh bien, maintenant, que faut-il faire ? Faut-il éloigner Simone ?

— Non ! Laissez aller les choses... Nous sommes à la veille d'une grande bataille. Qui sait ce qui arrivera ? Le Russe est un rude soldat, et s'il ne ménage pas sa vie, il ne ménage pas non plus celle des autres.

— Oh ! frère... des pressentiments bien sombres... Et pourtant je ne vous ai jamais vu trembler.

— Je ne tremble pas... je n'ai aucun pressentiment... et je rends grâce à Dieu, j'ai confiance en lui. Mais si je ne crains pas le danger, j'aime à le regarder en face, afin de n'être pas surpris. La 106e demi-brigade est désignée pour être aux avant-postes. Et je donnerai mon sang pour la patrie bien plus facilement si je puis assurer à ma fille un protecteur comme celui-là. J'ai soumis, moi aussi, Désallards à un examen sérieux. Car depuis le jour où je l'ai connu, j'ai deviné l'avenir. Et pendant que j'éloignais le « camarade de Jacques » je rapprochais de ma fille l'« ami d'enfance de Gaston ».

— Ne sont-ils pas trop jeunes encore ?

— Nous avions leur âge, la mère de Simone et moi, lorsque nous avons uni nos destinées.

— C'est vrai, pourtant.

Et le commandant, les yeux fermés, la figure dans ses mains, repassait sa vie tout entière.

Il avait vingt ans lorsque, la tête en joie, le cœur en fête, il sortait de l'église, fier de sentir sur son bras un autre bras secoué par un tremblement délicieux. Elle était à lui, sa femme choisie entre toutes, sa Raphaëlla aimée, et combien ardemment.

Oh ! comme il avait été payé de retour.

Le bonheur avait duré un an... et Simone était née dans les pleurs.

Plus tard, il avait dû se séparer de sa fille. Il en avait confié l'éducation à sa sœur.

Les jours passèrent. Les catastrophes de la Révolution arrivèrent. Pour fuir l'échafaud et conserver la fortune de son enfant, il s'était fait soldat.

Il avait confié la gérance de ses biens au père de Michaud, qui, en retour, lui avait confié son fils.

— Que faut-il faire ? demanda tante Victoire.

— Laissons-les à leur premier amour. C'est le seul vrai et le seul durable. On dit que l'amour vit d'un rayon de miel. Je ne le crois guère. Il vit d'un rayon du ciel... et je l'ai expérimenté. Or, le ciel est dans le cœur de ces deux enfants-là.

— Il n'est pas riche, il nous l'a dit.

— Il a sa position. Du reste, Simone en aura assez pour deux.

En ce moment, Michaud entrait sans frapper.

— Le général Gazan ! cria-t-il d'une voix retentissante.

Le commandant se leva et fit le salut militaire, et sa sœur une révérence des grands jours.

— Tante Victoire ! dit le général, en la saluant avec amabilité, nous sommes dans l'attente de la victoire !

— Si elle est le prix de la bravoure, général, vous l'aurez et complète, répondit-elle en souriant.

Cependant Gaston avait promptement regagné la brasserie Müller où Laure l'attendait avec impatience.

Elle éprouvait le besoin d'avoir des nouvelles de Kieffer et avait hâte de commencer son rôle.

Elle avait laissé à son père, qui ne travaillait pas le dimanche à son atelier, le soin de servir les officiers, et, sur le seuil de la porte, elle regardait Chavernay venir avec son habituel empressement.

Elle le fit entrer, lui offrit une chaise près du comptoir, et ils commencèrent à causer.

Dans la salle, les officiers commentaient bruyamment les nouvelles du jour.

— Vous connaissez notre nouveau commandant ?

— Un brave !... et qui ne badine pas avec l'ennemi.

— Il n'a pas froid aux yeux.

— Et pourtant avec ses hommes il est bon. Le soldat l'adore.

— Et nous avons un camarade de plus ! le sous-lieutenant Michaud !

— A eux deux, ils font la paire.

Un nouvel officier arriva.

— Vous savez la nouvelle ?

— Non... laquelle ?

— Nous venons d'être battus en Italie. Il y a quinze jours de cela.

— Nous le savions. Joubert s'est fait tuer !

— Je le croyais toujours à la noce... Il vient d'épouser Mlle de Montholon.

— Oui... et même qu'il lui disait avant de partir : « Tu me reverras mort ou victorieux. »

— En attendant, voilà l'écrasement de nos armées qui commence.

— Et il y a trois mois que nous sommes là à attendre en nous croisant les bras !

— En présence de l'ennemi, nos épées se rouillent. Pendant ce temps-là il se concentre, et nous allons être enveloppés.

La conversation se poursuivait avec la fille de Müller.

— Vous êtes en bons rapports avec votre nouveau commandant. Vous voilà assuré de marcher vite !

— Peut-être, fit-il, distrait.

Elle continua :

— Il revient d'une mission importante et cela lui a valu son quatrième galon.

— Et à Michaud sa première épaulette.

— Ils arrivent du Saint-Gothard. Saviez-vous cela, Gaston ?

— Non. Et ils sont de retour ?

— Oui, d'aujourd'hui. Vous ne les avez donc pas encore vus ?

Kieffer entrait en ce moment.

Laure se leva, abandonna Chavernay, courut au-devant de l'espion, et, sur un signe, elle disparut avec lui.

Le sous-aide, resté seul, en fut tout étourdi. Il attendit quelque temps, puis s'impatienta. Il lui semblait que tous les officiers le regardaient, qu'ils avaient pris à son égard des airs moqueurs.

Lassé, mais redevenu plus maître de lui, il se mêla aux groupes qui stationnaient dans la salle.

Le bruit d'une cavalcade qui résonnait dans la rue vint lui apporter une heureuse diversion. Les officiers s'étaient retournés :

— Le général Gazan et son état-major ! On dirait qu'ils viennent de loin !

— Nous allons avoir des nouvelles.

— Peut-être enfin l'ordre de partir !

— Ce ne serait pas trop tôt.

Tous s'étaient précipités pour aller à sa rencontre et le saluaient avec empressement.

Le général s'arrêta, rendit le salut, descendit de cheval et partit à pied, tout seul.

Son escorte entra dans la brasserie et fut entourée aussitôt.

Gazan s'était dirigé vers le *Sanglier d'argent*. Sur le seuil de la porte il avait demandé :

— Le commandant Chauvigné.

Michaud, qui venait de rentrer avec Simone et Jacques — rencontré par hasard, — se retourna vivement, resta figé quelques instants, la main à son bicorne, puis s'offrit à conduire le général.

Simone s'effaça pour le laisser passer, sourit au sous-aide et monta l'escalier à la suite du visiteur.

Jacques fit le salut militaire, répondit à Simone et rentra dans sa chambre.

D'une fenêtre où le bruit l'avait attiré, Kieffer avait aperçu Gazan.

L'espion fut en éveil. Il suivit de l'œil l'attitude mouvante de chacun des arrivants, puis, se retournant vers sa complice :

— Je cours aux informations.

A peine seul avec le commandant, qui avait placé Michaud en sentinelle devant la porte de sa chambre, le général s'était assis.

Un feu clair pétillait dans la cheminée.

— Commandant, voici votre brevet et celui du sous-lieutenant Michaud.

— Merci, mon général.

— Voici maintenant les ordres de Masséna :

« Korsakoff se dispose à nous attaquer. Il a porté toutes ses forces dans la partie de Zurich qui est en avant de la Limmat. Les deux rives de ce fleuve lui appartiennent donc jusqu'à l'embouchure de la Sihl. C'est là, entre les deux rivières et le lac adossé à la ville, qu'il masse devant nous ses 25 000 hommes, en situation offensive. Alors voici le plan de Masséna. Le 25 au matin, c'est-à-dire mercredi prochain, il doit ranger la moitié de son armée en bataille et simuler une attaque, afin de détourner l'attention de Korsakoff. Pendant ce temps, Oudinot, avec 18 000 hommes, tentera le passage de la Limmat au-dessous de Zurich, à Closter-Fahr, que vous connaissez et qui n'est gardé que par trois bataillons. Le passage opéré, les trois bataillons massacrés, nous remontons le fleuve, nous allons nous placer au nord de la ville et nous enfermons l'armée russe dans Zurich même. Le 26, jeudi matin, nous combinons nos mouvements, et la bataille s'engage sur les deux points à la fois. Ce même jour, Soult franchit la Linth, offre le combat à Hotze pour lui défendre de se porter au secours des Russes. »

Voici maintenant ce que le général en chef demande de vous :

« Dès demain, et dans le plus grand mystère, enlevez toutes les barques de la Reuss ; traînez-les, à bras s'il le faut, jusque dans les bois de Dietikon, et le plus près possible de la rivière que nous devons traverser.

» Là, vous les cacherez à tous les yeux et vous mettrez des sentinelles partout pour empêcher les curieux d'approcher ; car il faut tout prévoir.

» Il nous faut soixante barques environ. Vous avez deux jours. »

— Vos ordres seront exécutés.

— Le 25, au matin, je serai avec vous, à l'avant-garde, et nous franchirons la Limmat sur un pont de bateaux. Surtout la plus grande discrétion, tout le succès en dépend !

— Entendu, mon général.

— Je pars, ne me reconduisez pas. Cela vous empêchera de répondre à des questions indiscrètes.

Si « Hounegrelaidre » avait pu surprendre cette conversation, il n'aurait rêvé que florins d'or pendant toute la nuit. Et Kieffer aurait payé bien cher la permission d'écouter à la porte.

Il était sorti, en quittant Laure Müller, sans repasser par la brasserie encombrée, et était revenu au *Sanglier d'argent*.

Arrivé à l'hôtel, il entre dans sa chambre, en ressort effaré, demande Herman, se glisse dans l'escalier qui conduit à l'appartement de Chauvigné.

Mais il rencontre Michaud qui montait la garde ; il redescend aussitôt sans attirer son attention. Il retourne sur la place, se mêle aux groupes et attend.

Le général avait rejoint son escorte, salué autour de lui, et était reparti au galop avec son état-major.

Kieffer se rappelle tout à coup qu'il doit une visite au commandant. Il a été secouru par lui lors de la catastrophe du Saint-Gothard.

Il a déjà trop attendu pour le remercier.

Il rentre à l'hôtel, se présente à la porte de son libérateur et frappe quelques coups qu'il s'efforce de rendre très discrets.

Il attend quelques minutes ; enfin, la porte s'ouvre... Il est dans la place.

Tante Victoire apparaît sur le seuil.

— Monsieur le commandant, mon sauveur, s'il vous plaît ?

— Le commandant n'est pas visible, répondit tante Victoire par la porte entre-bâillée.

— Pourrai-je le voir dans la soirée ?

— Impossible.

— Demain ?

— Je ne sais pas.

— Des affaires pressées, sans doute ?

— Probablement.

— Je voudrais le remercier.

— Revenez une autre fois ; quand ? Je ne sais pas. Il n'est pas visible, c'est tout ce que je puis vous dire. Bonsoir, Monsieur.

Il redescend sur la place sans rien apprendre. Les officiers ne parlaient que de leur impatience de se battre, et ils n'étaient pas commodes du tout, ce soir-là.

La nuit était venue, Kieffer et les deux sous-aides avaient mangé rapidement.

Jacques voulait écrire à sa mère et à ses sœurs ; il avait besoin d'être seul.

L'espion, taciturne contre son habitude, était sorti le premier. Gaston l'avait suivi de près.

Il avait à peine quitté le *Sanglier d'argent* qu'il s'était senti retenu par le bras.

C'était « Hounegrelaîldre ».

— La cha... cha... charité, si... si... s'il vous plaît !

— Je n'ai rien.

— Gé... gé... généreux avec les ri... ri... riches...

— Que veux-tu dire ?

— Vous ne do... do... donnez rien à un ma... ma... malheureux... mais à Kikiki... Kikiki... Kikiffre, vous do... do... donnez tout.

— Et qu'est-ce que je donne à Kieffer ?

— Votre lit et vo... vo... votre fiancée.

— Tu dis ?

— Vous a... a... avez bien en... en... entendu ! Méfiez-vous !

— Parleras-tu ?

Et Gaston lui avait pris le bras et le pressait vigoureusement.

— Ne serrez pas si fort, dit le mendiant sans bégayer.

— Mais parle donc !

— Regardez, il ne ma... ma... marche pas, il vole.

— Il vole ? Mais qui ça ?

— Kikiki... Kikiki... Kikiffre..., dit Jaühn d'un ton gouailleur.

Meurt-de-faim, d'un geste, montrait le fournisseur des armées françaises.

— Elle la... la... l'attend, vous voyez bien.

— Elle, qui ?

— La Mu... mu... Müller ?

Gaston lâcha Jaühn et entra dans la brasserie quelques minutes seulement après Kieffer.

Laure n'était plus là. Le comptoir restait inoccupé et la salle était vide.

Chavernay attendit longtemps. Les rues étaient désertes et Bremgarten semblait endormi.

Enfin, la fille du serrurier arriva pour fermer la brasserie.

Elle fit un mouvement en apercevant Gaston. C'était la première fois qu'il restait si tard.

Elle s'avança souriante.

Mais alors éclata une scène d'une violence inouïe.

Laure, toute tremblante, était restée muette, pâle, interdite !

Il fallut que Müller, attiré par les clameurs de Chavernay, vînt lui-même mettre le jeune homme à la porte.

La journée du lendemain lundi, premier jour du calendrier républicain, an VII, la matinée était assez froide, le vent soufflait du Nord. Les rudes habitants de Bremgarten ne songeaient pas à quitter leurs demeures, et le soleil devait quelque temps encore s'attarder derrière les montagnes de l'Albis.

Michaud, le nouveau sous-lieutenant ; Poirrier, qui avait cousu et à la hâte sur ses manches les galons d'or tout neufs de l'ancien sergent ; Pichon, le caporal, et Jollivet, qui venait d'être nommé à ce premier grade ; Vermorin, Quantin et les autres, étaient déjà en mouvement.

Au milieu d'une brume glaciale, ils sillonnaient les eaux de la Reuss, sur des barques enlevées au milieu de la nuit.

Ils avaient beaucoup de peine à remonter le courant et manœuvraient avec ardeur.

— Dis donc, caporal, arroses-tu tes galons ? Payes-tu une bouteille ? disait à voix basse Vermorin à Jollivet. Ça nous réchaufferait un peu.

— Tu as donc toujours soif, toi, Vermorin ?

— Dame, sans cela je ne te demanderais pas à boire ! Farceur, va !

— Tu as déjà bu la goutte en te levant.

— Il y a longtemps qu'elle est loin.

— Crois-moi, mon ancien, ça ne te vaut rien de boire comme ça !

— Te voilà bien savant depuis que tu es caporal, mais, au moins, dis-moi pourquoi ?

— Avec une trogne comme la tienne ?

— Et puis après ?

— Ce n'est pourtant pas à boire de l'eau de la Reuss que ton nez est tourné au rouge.

— Ce n'est pas non plus à boire du vin !

— C'est donc naturel d'avoir un piton cramoisi comme le tien ?

— Dame ! puisque je ne bois que du vin blanc, ce n'est pas lui qui a pu me rougir le nez.

Et d'un gros rire qu'il s'efforçait de comprimer, il soulignait sa réponse.

— Silence, clampins ! au travail, dépêchons ! Il faut que nous ayons chargé et que nous soyons en route avant le lever du soleil et des habitants, dit impérieusement Michaud.

Les soldats avaient remonté la rivière, tourné Bremgarten, et étaient déjà loin.

Or, Kieffer arrivait là, comme par hasard, par la route de Jonen.

Meurt-de-faim arrivait là aussi par celle de Birmensdorf.

— Le voici en sentinelle, se disait Jaühn à la vue du fournisseur. Donc, je ne me suis pas trompé. Il y a quelque chose à apprendre ; ouvrons l'œil et le bon.

Michaud leur avait jeté un regard farouche. La cicatrice de sa joue commençait à tourner au cramoisi.

— Ça va chauffer, murmurait Vermorin.

— Si seulement le commandant était là, il me dirait ce qu'il faut faire.

Et Michaud roulait des yeux effrayants.

Un mauvais filet gisait au fond de la barque; une idée lui jaillit, et saisissant l'engin :

— Hardi ! olampins, jetons le filet. Tante Victoire sera contente d'avoir une bonne friture.

Kieffer n'avait fait que passer. Il était maintenant convaincu que cette manœuvre inusitée était une conséquence de la visite du général. Il voulait en pénétrer le secret.

Il avait entendu Chauvigné et Michaud descendre vers 2 heures du matin, ouvrir la porte de la cuisine, sortir dans la cour de l'auberge et partir avec les soldats.

Il s'était habillé hâtivement et sans bruit et les avait suivis.

Maintenant il les surveillerait de loin sans être vu, afin de ne faire naître aucun soupçon.

Le but de Jaühn était double : il voulait épier les mouvements de Kieffer aussi bien que ceux des Français.

Il avait laissé le fournisseur prendre un peu d'avance, puis, avec un rire niais :

— La, pê... pê... pêche est-elle bonne, ca... ca... caporal Jo... Jo... Jollivet ?

— Si on te le demande, vieux grigou, tututu... turlututu... tu diras que tu n'en sais rien !

— Si... si... si vous attrapez un gros poi... poi... poisson, je... je... je le retiens ! Ma... ma... ma femme est tombée dans la rivière, i... i... il y aura di... di... dix ans à Pâques, et je... je... je voudrais bien en avoir des... des... des nouvelles.

Les soldats s'étaient mis à rire.

Michaud ne riait pas ; il avait la consigne d'agir sans témoins, et il n'aurait pas de témoins.

— Empoignez-moi ce pataud-là ! Envoyez-le au fond de la rivière, il ira lui-même chercher des nouvelles de sa femme.

Il avait donné cet ordre d'une voix claire et qui n'admettait aucune réflexion.

Poirrier, Pichon, Quantin étaient déjà sur la berge, heureux de l'ordre qu'ils venaient de recevoir.

Jaühn avait cru prudent de ne pas attendre ; il s'était enfui à toutes jambes.

Au bout de quelques minutes, le mendiant tournait brusquement, gagnait la route de Dietikon, la quittait et s'engageait dans des rochers à pic.

Aucun sentier n'était tracé, mais il marchait d'un pas sûr et déterminé.

Aucun obstacle ne l'arrêtait.

Il avait pu atteindre une sorte de petite plateforme qui dominait la vallée et le camp des Français qui commençait à s'agiter au-dessous de lui.

Il se couchait sur une pierre humide des rosées matinales, et il attendait.

Par delà la chaîne de l'Albis et la crête de l'Uetliberg, l'aube teintait de blanc les contours de l'horizon.

En face de lui, Michaud et sa compagnie s'agitaient dans une brume légère et s'efforçaient de retirer les bateaux de la Reuss.

A sa droite, il voyait Kieffer marcher rapidement sur la route.

Mais, comme il l'avait pressenti, ce n'était pas pour rentrer à Bremgarten que son opulent rival en avait pris le chemin.

Il le vit bientôt s'arrêter, jeter un regard autour de lui, comme un homme qui ne veut pas être aperçu, puis, subitement, prendre un sentier qui se perdait dans la montagne.

— Tiens ! tiens ! tiens ! dit « Hounegrelaüdre » sans bégayer, la manœuvre des Français l'intéresse aussi, autant et peut-être plus que moi.

Kieffer montait toujours. Tantôt il disparaissait derrière un arbre, derrière un rocher aux tournants du sentier montueux.

Il avançait sans hâte, mais il avançait, et de son côté.

— M'aurait-il aperçu ? Malheur à lui ! Cette fois-ci, ce n'est plus moi qui cours après lui, c'est lui qui court après moi. Seulement je suis décidé à ne plus manquer mon coup.

Mais le fournisseur breveté des armées françaises ne s'occupait pas du mendiant, il ne se doutait même pas de sa présence.

Il s'était arrêté un peu au-dessous de la place que Jaühn occupait ; il s'était assis sur un rocher, et, caché derrière un sapin, il examinait attentivement Michaud et sa compagnie.

La brume, en se dissipant, laissait nettement apercevoir le travail qui les absorbait.

— Espion Crésus, mon compère, sais-tu qui te surveille en ce moment ? C'est un espion à la mendicité ! Mais notre besogne nous rend égaux, et de par notre position actuelle, tu rampes à mes pieds. C'est ta place, du reste.

A l'horizon, le soleil commençait à monter dans des nuages grisâtres qui semblaient unir la terre avec le ciel dans une confusion monotone.

Bremgarten sortait de son lourd silence.

Les soldats, dans leurs bivouacs, s'agitaient avec une confusion apparente.

Un bruit rythmé de tambours et de clairons les appelait aux divers exercices de la journée.

Kieffer, indifférent à tout ce qui n'était pas son idée fixe, restait immobile et ne contemplait qu'un seul point du vaste paysage qui se déroulait à ses yeux.

Soudain il pousse une exclamation :

— Je m'en doutais !

Alors, les deux mains au-dessus de ses gros yeux injectés de sang, il examinait le nouveau sous-lieutenant, occupé avec ses hommes à un travail inaccoutumé.

Jaühn jetait du même côté ses petits yeux gris qui brillaient extraordinairement sous la broussaille de ses sourcils.

Déjà une douzaine de bateaux avaient été retirés de la rivière.

Les plus grands reposaient sur deux essieux

et formaient déjà plusieurs voitures à quatre roues.

Puis, soulevés par des mains vigoureuses, d'autres étaient venus successivement s'emboîter dans les premiers.

Chacun de ces chariots d'un nouveau genre avait été recouvert d'une bâche en toile bleue formant capote et destinée à cacher la forme des barques.

Les Français s'étaient attelés en nombre suffisant, et tirant, poussant, avaient pris le chemin de Dietikon.

Deux d'entre eux marchaient en avant, le fusil à l'épaule et la baïonnette au canon, comme pour servir d'éclaireurs ; deux autres en arrière comme pour protéger le convoi.

Kieffer partit à travers bois pour suivre leurs traces.

Jaühn descendit de sa plate-forme et prit le même chemin.

— Les bateaux ont des jambes et voyagent sur les routes, phénomène extraordinaire. Et nous ne sommes que deux pour le voir. Encore il y en a un de trop, et ce n'est pas moi !

Deux heures après, Kieffer était sur le bord de la Limmat.....

Il en savait assez.

Pour avertir Korsakoff d'abord, Hotze ensuite, afin de toucher double prix de sa trahison, il n'avait qu'à franchir la rivière.

Il reviendrait une fois l'affaire faite. Il serait de retour à Bremgarten le soir même, prêt à continuer ses études.

Le passage ne devait pas être difficile, tous les soldats étaient dans le bois, occupés à décharger les bateaux et à les cacher dans les fourrés les plus épais.

Derrière un buisson, au milieu des roseaux, sur la rivière qui faisait anse, une petite barque se balançait, exprès pour lui, pensait-il.

Il l'avait déjà détachée et s'apprêtait à y monter, lorsqu'une lourde et large main s'abattit brusquement sur ses épaules.

— Faut pas pa..... pa..... partir comme ça tout seul, lui dit Jaühn à voix basse..... c'est pas..... pas..... pas..... gentil d'a..... d'a..... d'abandonner ainsi son ami..... et je suis to..... to..... ton ami, tu sais !

Kieffer s'était retourné dans un brusque sursaut.

— Mon ami ? toi ! Et que viens-tu faire ici ? Je vais te faire empoigner.

— Parle plus bas, poursuivit Jaühn sans bégayer. Tu ne tiens pas plus que moi à te faire pincer ici par les Français, n'est-ce pas ?

— Que veux-tu dire ?

— Tu changes les rôles, mon ami Kieffer ! Ce n'est plus à toi d'interroger. Moi, je n'ai pas grand'chose à perdre si l'on me fusille. Tandis que toi — et il soupesait le sac que le fournisseur portait en sautoir — tu perdrais beaucoup.

— Laisse-moi tranquille, tu es fou !

— Kieffer, crois-moi, parlons peu, mais parlons bien, le temps presse. Combien peux-tu vendre « notre » secret — et il appuyait sur le mot « notre » ? Deux mille florins d'or, n'est-ce pas ?

Une victoire, ça vaut plus que ça. Eh bien,

il m'en faut la moitié. Donne-moi mille florins, et je te laisse partir.

— Mais tu radotes !

— Ne parle pas si fort, je te dis ! Chauvigné n'a pas, comme toi, l'oreille dure; il pourrait t'entendre, et alors.....

— Un fournisseur de l'armée française n'a rien à craindre des Français, tu sauras ça ; laisse-moi tranquille.

— Tiens, mon bien cher ami, inutile de biaiser plus longtemps. Je crie à la garde, je te dénonce, l'on t'arrête et l'on te fusille.

— M'arrêter ? Me fusiller..... et pour quelle raison, je te prie ?

— Ta seule présence ici suffira, tu le sais bien. Et puis dans ce sac dont la courroie ne quitte jamais ton épaule.....

— Il n'y a que mes cahiers de comptes.

— Et puis de petites notes sur tous les mouvements de l'armée française, et puis le sentier du Saint-Gothard, où Chauvigné t'a déjà rencontré.

— Insolent ! Où vas-tu chercher ce que tu dis là ?

— J'allais à ton secours, là-bas, sous la roche près de Wassen. Tu ne te rappelles pas ?

Kieffer, d'un effort vigoureux, essaya de rejeter la barque loin du rivage, dans le courant de la rivière ; mais Jaühn avait ramené la barque auprès de lui.

— Misérable, laisse-moi !

— Allons, pas de gros mots, je ne me mets pas en colère, moi. Je suis calme, tu le vois bien. Il faut toujours garder son sang-froid, dans les affaires surtout.

— Espèce de Meurt-de-faim, dit Kieffer en sautant sur le rivage et prêt à s'enfuir.

— Les sottises elles-mêmes se font payer, tu le sais bien ; mais tu trembles maintenant, pourquoi ?

D'un mouvement rapide comme la foudre, le mendiant avait saisi le poignet de son confrère et le serrait à le broyer.

Kieffer était blême, dompté.

— Te souviens-tu, compère, lui sifflait dans l'oreille Jaühn à voix basse, te souviens-tu de la journée du 23 mai... Il y a quatre mois de cela, jour pour jour... C'était chez Monseigneur l'archiduc Charles...

— Misérable menteur !

— J'étais chez lui, j'ai tout entendu, j'ai vu la monnaie d'or que tu palpais délicieusement. Te souviens-tu que, quelques jours après, Monseigneur, comme tu l'appelais en courbant jusqu'à terre ton échine souple, débouchait de chaque côté du lac de Constance et venait là, en face, de l'autre côté de la rivière, attaquer, le 3 et le 4 juin, l'armée de Masséna à qui tu fournissais à la fois de quoi vivre et de quoi mourir. Car tu fais argent de tout, toi, de la vie et de la mort.

— Gredin ! grondait Kieffer dans son écroulement, exaspéré surtout de son impuissance.

— Oui ! je t'ai entendu ; tu m'as appris comme il fallait parler à des princes. Et maintenant, ce ne sera plus toi, ce sera moi qui parlerai. Cette barque, sur laquelle tu voulais monter, je vais y monter à ta place, à moins que...

Et, de sa main gauche restée libre, le mendiant faisait briller un poignard.

— Allons, 500 florins d'or, dit le fournisseur livide.

— Tu veux rire ; j'en demandais mille tout à l'heure, j'en demande le double maintenant. Il faut que tout se paye. Tes insolences... et mon éloquence aussi a sa valeur. Tu hésites ?

Et il levait son poignard.

— Tu les auras !

— Quand ?

— Demain.

— De suite. Je n'ai pas de confiance en ta parole. Tu le sais bien.

— Je ne les ai pas, ils sont au *Sanglier d'argent*, enfermés dans une armoire.

— Donne-moi la clé.

— Je l'ai confiée à maître Herman.

— Et dans ton sac ?

— Il n'y a que des papiers.

— Montre.

Kieffer ouvrit son sac. Jaûhn n'en demanda pas davantage.

— Alors, en route pour Bremgarten. Tu partiras demain pour Zurich. Je te ferai un petit bout de conduite. Demain il sera encore temps. Pour faire passer la Limmat à une armée tout entière, le nombre de bateaux doit être considérable, et à la façon dont ils s'y prennent ! Pars le premier. Je te suis. Malheur à toi si tu essayes de m'échapper.

Kieffer n'avait pas attendu ; à peine libre, il s'était élancé dans le fourré et avait disparu.

— Je n'attendrai pas à demain pour partir, déclara Jaûhn. Je serai près de Korsakoff avant que tu ne sois à Bremgarten.

Et il monta dans la barque !

— Ah ! pataud de malheur, ton affaire est sûre ! cria Michaud qui passait avec sa compagnie.

Rapidement il mit en joue Meurt-de-faim et fit feu.

— Raté ! dit-il exaspéré, feu ! feu !

Une fusillade nourrie éclata dans toutes les directions.

— En avant ! En avant ! Mort ou vif, arrêtez-le ! En avant !

Jaûhn avait quitté la barque, sauté sur la rive, s'était caché derrière un arbre pour éviter les balles, puis avait disparu sans attendre personne.

Ce fut une course échevelée.

Pendant plus de deux heures les soldats, accourus de tous côtés, avaient fouillé la forêt, visité les fourrés.

Le mendiant était resté introuvable.

Kieffer, de son côté, avait une certaine avance sur son complice.

Il avait suivi la route de Bremgarten, où il se croyait plus à l'abri des coups de « Hounegrelaîldre ».

Il avançait d'un pas rapide et, pour amortir le bruit de sa marche, foulait le gazon épais qui bordait le chemin.

Soudain un coup de fusil, suivi d'un feu de peloton, l'avait fait tressaillir.

Ses cheveux, dans son épouvante, s'étaient dressés sur sa tête, il chancelait, il se sentait près de tomber, comme si une balle l'eût frappé en plein cœur.

Il s'arrêta un instant et se palpa d'une main tremblante.

Puis, rassuré, il reprit sa marche... Il s'était ressaisi.

— C'est cet imbécile de « Hounegrelaîldre » qui s'est laissé pincer ; pourvu qu'il soit tué d'un coup, sans qu'il ait pu ouvrir la bouche. J'apprendrais sa mort avec plaisir.

Il se remit en marche.

— Et maintenant, il faut éloigner tout soupçon... Quelle heure ?

Il regarda sa montre.

— Je serai exact à l'heure du repas. Puis à la nuit tombante, je serai loin. Quand « il » viendra, croyant prendre la poule au nid, il n'y aura plus personne.

Et sur la route déserte, sans plus se soucier d'être aperçu, il avançait d'une course effrénée.

Ses yeux se remplissaient de sang, sa poitrine se soulevait violemment, sa respiration était pénible et bruyante.

Il haletait, la sueur lui coulait du front, et sa figure vultueuse prenait les teintes d'un apoplectique.

Il s'arrêta un peu avant d'arriver au camp, prit à la traverse, et vint s'abattre derrière un rocher.

Il souffla bruyamment, s'épongea le front, puis, au bout de quelques minutes, descendit avec lenteur pour ne pas donner l'éveil à ceux qu'il pourrait rencontrer.

M. Kieffer rentrait à Bremgarten comme midi sonnait à toutes les pendules.

Il avait dit un mot à tous ceux qu'il connaissait.

— Tu sais, Laure, lui avait-il dit en passant, j'ai dû être avec toi de 9 à 10 heures ce matin... dis-le à ton père... et prépare-toi à le jurer, si j'avais besoin de ton témoignage.

— Entendu et compris !

C'était sa manière de se créer un alibi au cas où Jaûhn l'aurait dénoncé avant de mourir.

— Vous avez failli arriver en retard, Monsieur Kieffer ! dit Herman en allant au-devant de lui... et c'eût été dommage... les pommes de terre frites ne sont plus bonnes refroidies...

— Et souvenez-vous bien
Qu'un dîner réchauffé ne valut jamais rien,

avait ajouté Jacques dont la figure était rayonnante.

— C'est Max de Boswil qui m'a retenu assez longtemps... il avait des bœufs à me vendre... mais les prix qu'il me faisait étaient exorbitants... je n'en ai pas voulu. Et puis, en passant devant la « brasserie Müller », c'est Laure qui ne voulait plus me quitter... Et puis, lorsqu'on est du pays, n'est-ce pas ? tout le monde vous accoste... et cela retarde...

Gaston l'avait regardé en tressaillant... décidément ce bonhomme-là devenait trop familier avec Laure... Il prit un air sombre et boudeur qu'il garda pendant tout le repas... La haine lui poignait le cœur.

Jacques avait la figure calme, sereine et lumineuse des grands jours de fête.

La joie éclatait resplendissante dans ses beaux yeux bleus. On l'eût cru au ciel.

Il formait un contraste frappant avec Chavernay, dont le front plissé, les yeux mauvais, les lèvres minces et disparaissant sous un pincement nerveux formaient grimace. On l'eût cru en enfer.

Kieffer dévorait littéralement. Ses gros yeux ballottaient pour ainsi dire en dehors de sa tête ; de sa bouche pleine sortaient d'incohérentes paroles... il riait à contre-cœur.

*Le bonheur, la haine et la peur* — l'ange, le démon et la bête — semblaient s'être donné rendez-vous au *Sanglier d'argent*.

Or, ce matin-là, pendant les événements que nous venons de raconter, Simone s'était retrouvée toute seule, avec tante Victoire, à l'ambulance, après la visite journalière des médecins.

Jacques était accouru.

Ce fut pour lui une joie bien grande de les rencontrer dans leur habituel isolement.

Son cœur débordait, il voulait parler, mais, après les saluts d'usage, il n'avait plus trouvé aucune parole à dire.

Il avait écrit la veille à ses trois mamans. Il était revenu sans cesse sur l'objet de son amour. Sa mère aurait trois filles au lieu de deux. Et désormais ils seraient quatre à la choyer et à entourer de soins sa vieillesse vénérée.

Il voulait aujourd'hui même ouvrir tout entier son cœur à la jeune fille. Tante Victoire n'était pas de trop, et c'était justement devant elle qu'il voulait s'expliquer.

Il avait préparé tout un discours, et voilà que le premier mot lui échappait.

La sœur du commandant, forte du consentement si expressif de son frère, prit un prétexte et se retira.

Jacques et Simone étaient seuls ; il avait tant de choses à lui dire ! et il pouvait tout lui dire.

Cependant, il cherchait ses mots, ses phrases.

Drame étrange : Jacques, qui n'avait pas tremblé devant les officiers réunis et l'invitant à jouer, qui avait méprisé leurs railleries, qui n'avait ressenti aucune émotion dans les dangers courus ni sous les balles de l'ennemi, Jacques, plein d'honneur et de loyauté, était là timide et tremblant devant une jeune fille simple et bonne et qu'il voyait tous les jours depuis près de trois semaines.

Tante Victoire, qui n'était pas loin, qui pouvait tout voir et tout entendre, souriait en disant :

— Il faudra que je m'en mêle. Ces chers innocents ne trouveront jamais une parole à se dire.

Oh ! c'est qu'il y a dans les belles âmes un respect infini pour la liberté du cœur et pour la sainteté d'un premier engagement.

Plus les sentiments sont purs, plus ils sont réservés.

Il y avait entre les deux jeunes gens une affection basée sur l'estime, née sous la tendresse vigilante de tante Victoire, une affection qui remplirait leur vie de joie ou de douleur, mais qui ne se corromprait pas, parce qu'ils avaient tous les deux la crainte de Dieu, Auteur de tout amour et inspirateur de tout sacrifice.

Simone, étonnée du silence de son compagnon :

— Vous ne me dites rien, Jacques, murmura-t-elle, en l'appelant ainsi pour la première fois, avez-vous de la peine ?

— Oui ! j'ai de la peine à exprimer ce que je voudrais vous dire.

La jeune fille rougit. Jacques en fit autant et le silence se rétablit.

— Je viens d'écrire à ma mère, soupira le jeune homme tout tremblant d'une émotion mal contenue. Je lui ai parlé de votre père, de votre tante et de vous... Simone, ajouta-t-il en hésitant à l'appeler ainsi.

La jeune fille leva ses grands yeux. Un éclair d'un bleu sombre en jaillit ; mais si doucement lumineux ! Elle regarda le sous-aide avec une affectueuse simplicité :

— Vous lui avez dit, n'est-ce pas, que nous l'aimions bien ?

— Je lui ai dit aussi que je vous aimais, et pour toute la vie.

— Vous avez bien fait, Jacques, dit-elle avec un élan tout spontané.

Jacques avait pris la main de Simone, il y avait déposé un baiser. Et Simone n'avait point retiré sa main.

Ce fut tout. Ils n'avaient plus rien à se dire, ils s'étaient compris et, devant Dieu, donnés l'un à l'autre et pour toujours.

Tante Victoire était rentrée sans bruit.

Elle contemplait ses deux enfants avec une affectueuse tendresse, à laquelle se mêlait une troublante inquiétude pour un bonheur dont elle était le premier témoin, qu'elle n'avait jamais voulu connaître et pour lequel elle voulait toujours rester une étrangère.

Elle avait jeté un regard de tendresse à son crucifix ; et son cœur s'était de nouveau redonné à son Dieu dans un complet et suave holocauste.

Alors avec une douceur maternelle :

— Mes enfants, dites-moi donc ce qui vous rend si heureux ?

A sa voix, Simone avait fait un bond, avait étendu ses deux bras, et, dans un transport soudain, elle étreignait sa tante et la couvrait de baisers.

— Oh ! ma tante ! que je vous aime ! disait-elle avec des larmes plein les yeux et plein la voix, et si vous saviez combien je suis heureuse !

— Tu l'aimes donc bien ?

— Oui !

— Depuis quand ?

— Depuis... toujours.

Elle était transfigurée.

— O mon Dieu ! disait l'ancienne religieuse presque tout haut, vous ai-je jamais aimé avec autant d'ardeur ? Et pourtant, vous êtes la Beauté souveraine, dont la créature la plus ravissante n'est qu'un pâle reflet. Je vous aime davantage encore, puisque votre amour a pu faire taire dans mon cœur tout autre amour, même celui que je dois avoir pour moi-même.

La femme ou plutôt la mère avait ensuite repris ses droits.

Elle s'était, et très doucement, dégagée de l'étreinte passionnée de Simone, lui avait pris la main et l'avait placée dans celle de Jacques.

Puis, sanglotant à son tour, elle avait à tous deux déposé sur le front un baiser maternel.

Alors elle s'était laissée tomber sur sa chaise, elle s'était caché la figure dans les plis flottants de ses larges manches, toute confuse de ce qu'elle appelait l'incorrection de ses manières mondaines.

Enfin, redevenue plus maîtresse d'elle-même, elle leur dit :

— C'est grave, mes enfants, ce que nous faisons là. Mais ce qui est arrivé est voulu par Dieu. Jacques, vous écrirez aujourd'hui à votre mère, et moi, ce soir, je parlerai au commandant.

La matinée s'écoula rapide !

Jacques, en revenant au *Sanglier d'argent*, sentait tout le monde joyeux autour de lui.

Il descendait un sentier à travers les vignes, et, de chaque cep, il voyait se lever l'oiseau bleu, couleur du ciel, qui brillait à son regard.

Il lui semblait pouvoir, d'un élan rapide, s'élever jusque par-dessus les tiges des houblons que l'on commençait à abattre, son pas était plus souple et son corps plus léger. C'était l'oiseau bleu qui lui attachait aux épaules ses ailes légères.

Des tourbillons moirés de la Reuss, des éclairs jaillissaient étincelants, c'était encore l'oiseau bleu qui apportait à ses yeux un rayon de soleil.

A ses oreilles, une suave harmonie résonnait tendrement, c'était l'oiseau bleu qui chantait au fond de son cœur.

C'était bien l'ange descendu du ciel qui était venu s'asseoir à la table de maître Herman et qui, dans la plénitude de sa joie, rêvait or et azur.

D'une tout autre nature étaient les rêves de Gaston.

Il était rentré la veille assez tard, et d'une humeur massacrante qu'une promenade silencieuse sur les bords de la Reuss n'avait point calmée.

C'eût été ce soir-là malheureux pour Jacques s'il avait eu le caprice de l'attendre.

Il s'était déshabillé avec lenteur, il n'avait pas envie de dormir et il avait toujours le temps de se coucher.

Du reste, dans l'alcôve, Kieffer poussait des ronflements sonores qui l'empêcheraient de reposer.

Ils avaient été bien mal inspirés, tous les deux, lorsqu'ils lui avaient fait partager leur chambre.

Il ne serait plus à Bremgarten, et Laure lui serait encore fidèle. Cette idée le surexcitait davantage. Avoir pour rival — et rival préféré — un homme comme ce Kieffer !

C'était une honte pour lui...

Du reste, il ne savait pas pourquoi il s'était attaché à cette fille... Il la quitterait, il ne lui parlerait plus. Il ne s'occuperait plus d'elle. Elle ne méritait que son dédain.

Il avait alors cherché à détourner d'elle sa pensée, à la fixer ailleurs. Il n'avait pas su trouver à quoi l'occuper.

Comme une idée qui persiste malgré tout, la fille du serrurier hantait son esprit et l'absorbait davantage à mesure qu'il voulait la chasser.

Il avait alors roulé des projets de vengeance, le dépit avait à nouveau enflammé sa colère et fait bouillonner le sang dans ses veines.

Il s'était enfin couché ; mais il avait cherché longtemps un repos dans le sommeil qui ne voulait pas venir. Ses tempes battaient avec violence, et il lui semblait entendre des voix qui l'appelaient au milieu de bruits étranges.

Enfin la fatigue l'avait emporté, et il s'était endormi d'un sommeil fiévreux.

Ce matin, il s'était levé tard, il était courbaturé.

Il pouvait à peine se tenir debout, ses jambes étaient brisées, ses bras meurtris et tout son corps endolori, comme si, la veille, Müller en le jetant à la porte l'eût roué de coups.

Ses yeux étaient gonflés et sa figure bouffie. La tête le faisait horriblement souffrir.

D'un pas automatique, il avait pris la direction de l'ambulance. La visite était finie, et il en avait trouvé la porte fermée.

Alors il était revenu machinalement jusque sur la place. Le mouvement lui avait fait du bien.

Il passa devant la brasserie Müller ; elle était déserte. Laure, à son comptoir, comme d'habitude, s'occupait à un travail de couture. Il ne l'avait pas même regardée. Il s'applaudissait de sa fermeté. Il voulait lui faire sentir combien il avait été froissé dans son amour-propre. Hélas ! ce n'était déjà plus le mépris de la veille. Bientôt une lâche veulerie l'envahissait et l'avait fait passer devant la fenêtre fatale.

Il était vaincu.

Il ouvrit la porte et se trouva face à face avec celle qu'il avait la veille maltraitée si brutalement par son langage et par ses gestes furieux, avec celle que tout à l'heure encore il écrasait de tout son dédain.

A peine avait-il franchi le seuil de la porte que Laure, debout, et d'un ton âpre :

— Est-ce pour renouveler la scène d'hier soir que vous revenez ce matin ? J'en ai assez et je vous prie de ne pas rentrer ici.

Il s'attendait à une tout autre réception. Elle changeait les rôles, elle avait tous les torts, et c'était elle qui se fâchait maintenant ! Il baissa la tête.

Elle reprit :

— Je ne suis pas votre femme, après tout, et je plains la malheureuse qui sera obligée de vivre avec vous.

— Mais, Laure !

— Laissez-moi tranquille, avec votre jalousie ridicule. Comme si je ne devais pas être aimable avec tout le monde !

— Avec le monde... peut-être... mais pas avec Kieffer. Pourquoi pas avec Jahn ?

— Et si Jahn était un bon client, et si cela me faisait plaisir, qu'est-ce que cela pourrait faire à Monsieur Chavernay ? Quand Monsieur Chavernay m'aura donné de quoi vivre sans rien faire, alors, peut-être, pourra-t-il me demander compte de ma conduite.

— Ah ! Laure ! pouvez-vous dire ?

— Pouvez-vous dire ? Quoi ? Kieffer est riche après tout, et l'argent qu'il me donne vaut mieux que le vôtre dont je n'ai jamais vu la couleur.

— C'est donc de l'argent que vous voulez ?... Et si je vous en donnais... à poignées !

La fille Müller se mit à sourire. Et lorsque Gaston la quitta, elle jouissait orgueilleusement de tout son pouvoir reconquis.

Mais on comprend pourquoi lorsque, à table, il avait entendu Kieffer parler de Laure, sa colère et sa jalousie s'étaient brusquement réveillées, et que la haine, une haine diabolique, avait pris possession de son cœur.

## VII

DETTE D'HONNEUR

A peine Chavernay avait-il fini de déjeuner qu'il se hâtait de quitter le *Sanglier d'argent* et se dirigeait vers la brasserie Müller.

Lorsqu'il entra, aucun officier n'était encore arrivé. Ils s'étaient attardés pour une corvée subite et tenue secrète.

Gaston resta debout, près du comptoir où trônait Laure. L'orage paraissait complètement apaisé.

Cependant, quelques officiers commençaient à arriver.

Laure avait quitté Gaston pour aller au-devant d'eux.

Sans bruit, elle déposait rapidement sur chaque table les chopes de bière ou les flacons d'eau-de-vie demandés, sans prêter attention aux plaisanteries que les officiers lui lançaient en passant, et auxquelles elle paraissait habituée.

— Viens-tu jouer avec nous, major ? cria un jeune sous-lieutenant. Il me manque un partenaire, et nous t'attendons.

— Je suis à vous ! et Gaston alla s'asseoir à la table de jeu.

La salle s'emplissait peu à peu, les conversations se faisaient plus bruyantes, et le tumulte augmentait.

Kieffer entra à son tour, la figure empourprée par une digestion difficile.

Il avait hâte de quitter Bremgarten, où il ne se trouvait plus en sécurité.

Il devrait déjà être loin, mais il avait bien fallu déjeuner, puis mettre toutes ses affaires à jour.

Heureusement, on ne lui devait plus rien, toutes ses rentrées étaient faites, et, s'il avait quelques dettes par-ci par-là, il les payerait, un jour ou l'autre, elles ne pouvaient le retenir.

Il lui fallait surtout mettre en sûreté toutes les notes qu'il devait livrer aux généraux des armées austro-russes.

Il avait sa cachette à lui et sur lui. Il aurait fallu le tuer pour les trouver.

Dans ce dernier cas, peu lui importait, il n'aurait plus alors à défendre une vie à laquelle il tenait beaucoup.

Il voulait s'entendre une dernière fois avec sa complice, l'interroger, savoir par elle si les officiers parlaient de lui, c'était important pour son commerce.

Du reste, il allait bien savoir. Avec de l'audace, il s'en tirerait. Et puis, est-ce que l'on pourrait soupçonner un homme comme lui ? Il allait en faire l'expérience lui-même.

Si de ce côté il n'avait rien à craindre, il partirait dans la soirée, sans attendre le « Hounegrelaildre »... Il n'avait pas à partager avec lui. Du reste, si le mendiant n'était pas tombé sous les balles françaises, il n'oserait pas se présenter à Bremgarten.

Il était donc entré chez Müller, avait salué de la tête quelques officiers, distribué une poignée de main à droite et à gauche.

A sa vue, Laure, qui avait des renseignements à lui donner, s'était levée, l'avait pris par le bras et avait disparu avec lui.

Gaston resta anéanti.

Pour s'étourdir, il joua un jeu d'enfer. Sa voix éclatait au milieu de la salle, bientôt on n'entendit plus que lui.

Les officiers s'étaient levés et faisaient cercle autour de la table, intéressés par l'enjeu qui grossissait à chaque partie.

Il avait d'abord eu une veine étonnante, mais bientôt elle avait tourné.

Tout son gain avait disparu, et, lorsqu'il eut perdu jusqu'aux quelques louis qui, le matin, dansaient à l'aise dans sa maigre escarcelle, il avait continué à jouer sur parole.

Quand il s'était levé, il avait perdu cinq cents francs et ne s'en rendait pas compte.

— Tu sais, major, déclara son adversaire, le lieutenant Chauvin, une dette de jeu se paye dans les vingt-quatre heures.

— Dette de jeu, dette d'honneur, avait ajouté un sous-lieutenant.

— Dette d'honneur ? disait Gaston, que la jalousie dominait au-dessus de tout autre sentiment.

— Oui ! on appelle dette d'honneur, lui dit un capitaine, toutes les dettes que l'honneur nous défend d'avouer.

— Vous serez payé.

Et Chavernay sortit en chancelant.

Il s'en allait au hasard, fou, désespéré, la tête en feu.

Des sanglots l'étouffaient et il ne pouvait pas pleurer ; ses paupières étaient brûlantes et ses yeux restaient secs.

Il marchait droit devant lui. Où ? Il n'en savait rien. Il prenait tantôt un chemin et tantôt un autre, sans but, sans volonté, sans réflexion. Il avait vingt ans, et il ne connaissait pas encore les déceptions de la vie.

— Que je souffre ! mon Dieu ! que je souffre !

Et il se comprimait la poitrine comme pour empêcher à son cœur de battre.

Il sentait l'engourdissement l'envahir, il ne pouvait plus avancer, puis soudain la révolte le raidissait.

Il voulait retourner en arrière, se précipiter sur Kieffer, le souffleter, le jeter à terre, le piétiner, l'amener ensuite sur le terrain et lui demander raison par les armes.

Il s'arrêtait alors, se tournait du côté de la brasserie, puis :

— A quoi bon ! Ce n'est pas lui le plus coupable. C'est cette malheureuse dont j'ai tort de m'occuper plus longtemps. C'est l'argent de cet homme qui lui a tourné la tête et qui l'a perdue. Pourquoi est-il riche et pas moi ?

Alors le souvenir des cinq cents francs perdus lui était revenu à la mémoire :

— Dette de jeu, dette d'honneur ! soupira-t-il, dette que l'honneur défend d'avouer !

Il me faut de l'argent demain pour payer cette somme. Où le trouver ?

Après tout, Kieffer m'a volé Laure, car c'est un vol ! pourquoi épargnerais-je ses florins ?

Il s'arrêta sur cette idée, dent pour dent, œil pour œil, c'est la loi.

— Et comment payer autrement ! O mon honneur ! moi qui te plaçais si haut ! Tu vas donc déjà sombrer ? Sombrer, à l'entrée de ma carrière !

Tout croule autour de moi. Je vois l'abîme, il m'attire, il est là béant, il me fascine.

Pourquoi son or n'est-il pas à moi ? J'aime mieux mourir... aussi bien, la vie, pour ce qu'elle vaut !

Et il s'avançait du côté de la Reuss, l'idée du suicide le hantait.

— Mourir ! à mon âge — et il s'arrêta dans sa marche — il vaut mieux que ce soit Kieffer ! Pourquoi cet homme est-il venu me barrer la route ?

Il reprit sa course. A ses pieds, la rivière courait avec rapidité. Il alla s'asseoir sur un rocher et se plongea dans des réflexions cruelles.

Le soleil se couchait dans une lumière d'or ; il était parvenu à percer les nuages et venait briser ses rayons sur les eaux limpides ; et chaque vague, comme un miroir d'argent poli, les réfléchissait de tous les côtés en flammes rougissantes.

Pas un souffle dans l'atmosphère. Les saules verdoyants, les arbres fruitiers, les cimes effilées des hauts peupliers, restaient immobiles.

Le temps calme et la soirée sereine formaient un contraste douloureux avec la tempête qui rugissait furieuse dans le cœur de Gaston.

Il était toujours là, écroulé dans l'engourdissement de son être.

Il méditait le crime. Son regard était mauvais, sa figure sinistre, ses poings crispés.

Enfin il s'était levé, décidé à frapper Kieffer, à lui ravir sa fortune, à déserter ensuite.

Il passerait en Allemagne ou en Autriche, et vivrait dans les plaisirs.

Le bateau qui était là, à ses pieds, attaché au rivage, lui fournirait le moyen de descendre la Reuss, d'atteindre Brugg avant le jour, puis de gagner Coblentz où il serait en lieu sûr.

Tout à coup d'étourdissantes clameurs le firent tressaillir.

Des soldats couraient sur la berge et tiraient des coups de fusil sur un malheureux qui essayait de s'enfuir à la nage et que les tourbillons entraînaient.

Kieffer, après avoir causé quelque temps avec Laure Müller, lui avoir dicté son rôle et reçu les derniers renseignements qu'il désirait avoir, était rentré au *Sanglier d'argent* dans la chambre qu'il occupait en compagnie de Désallards et de Chavernay.

Il s'assura d'abord que les fenêtres étaient bien fermées, il en rabattit les rideaux pour se garantir contre les regards indiscrets du dehors.

Il ferma ensuite aux verrous les portes qui communiquaient, l'une avec le corridor, l'autre avec la cuisine. Puis il ouvrit le cabinet provisoire où Herman reposait, le visita d'un coup d'œil rapide pour constater qu'il ne renfermait personne.

La porte qui ouvrait de ce cabinet sur la cuisine n'avait ni verrou ni serrure. Il plaça une chaise de telle sorte qu'elle devait tomber et l'avertir s'il survenait un intrus trop curieux. Il ne voulait pas être gêné dans sa fuite — car c'en était une véritable qu'il méditait — Il laisserait à l'hôtel sa valise renfermant ses hardes et ses livres de comptes. Il n'emporterait que son sac en bandoulière, — assez grand pour contenir toute sa fortune : son or, ses bijoux, ses lettres de change et ses billets de commerce.

Ce serait lourd, mais il était fort encore et vigoureux. Du reste, à Kunten, il essayerait de trouver une voiture. Il avait ouvert l'armoire où reposaient sa valise et sa fortune. Il l'avait placée sur deux chaises, à côté de la table auprès de laquelle il était venu s'asseoir. Il en avait rapidement enlevé le dessus.

Bientôt, en face de lui, de longues piles de pièces jaunes s'ajoutaient sans cesse à d'autres piles de même couleur.

Il n'avait jamais accepté d'autre monnaie ; les assignats n'avaient plus de valeur en France, ils n'en avaient jamais eu en Suisse, et la monnaie d'argent était trop pesante.

Une tête d'homme se montra derrière lui, entre les rideaux du lit où il dormait chaque soir.

C'était Jaühn dit le « Hounegrelaîldre », le Meurt-de-faim !... Il n'était pas tombé sous les balles de Michaud ni sous celles de sa compagnie ; il était resté introuvable.

Le mendiant connaissait la forêt dans tous ses détails. Il y avait si souvent braconné, et pendant le jour, et plus souvent encore pendant la nuit, il avait su mettre à profit les quelques instants de confusion qui avaient suivi la décharge des armes à feu.

Pendant qu'on le cherchait toujours dans le bois, où les soldats croyaient qu'il se tenait caché, il avait fait de grands détours du côté de Kunten et était rentré à Bremgarten, bien résolu d'en finir avec son complice, pour, de là, au milieu de la nuit, repasser la Limmat et aller toucher le prix de ses renseignements.

Il avait pris le chemin du *Sanglier d'argent*, avait, sans être vu, pénétré par derrière dans la cour, enjambé une fenêtre de la cuisine, déserte en ce moment, et, avec mille précautions, s'était glissé dans la « chambre à trois lits ».

Là, blotti derrière les rideaux, il avait attendu les événements en grignotant un morceau de pain.

Le temps s'était écoulé sans toutefois lasser sa patience.

Il se reposait des courses matinales et se préparait pour d'autres, peut-être plus pénibles.

Du reste, il se souvenait avoir passé bien des nuits pour surprendre un gibier qui ne valait pas celui qu'il guettait en ce moment.

Lorsqu'il avait vu Kieffer entrer, il avait retenu sa respiration et attendu l'occasion propice. Maintenant, assuré de la tenir, il ne voulait plus la laisser échapper.

Sur la table, puisé à pleines mains dans la valise, l'or s'accumulait sans cesse, jetant, aux derniers rayons du soleil qui empourprait l'horizon, les brillants reflets d'une lueur fauve. Les pièces, en tombant les unes sur les autres, rendaient un bruit métallique plein de tentations et capable d'allumer les convoitises.

Le visage de Jaühn prit une expression étrange. Ses petits yeux gris fascinés étincelaient sous leurs épais sourcils ; sa large bouche se contractait en un hideux rictus — un rictus de démon ; — ses grosses lèvres de brute s'épaississaient encore sous l'impulsion d'un appétit triomphant ; ses narines s'élargissaient comme pour aspirer plus fortement l'odeur de l'or.

Kieffer comptait toujours.

Dans le lointain, on entendait des soldats chanter de gais refrains ; les tambours et les clairons se répondaient en des appels répétés.

— Ce n'est pas par les cheveux, mais par le cou que je vais saisir l'occasion.

Rapide comme la pensée, Jaühn prend son élan, et, comme un tigre fond sur sa proie, en un bond formidable, il s'abat sur le fournisseur.

De ses deux larges mains il le saisit à la gorge et la presse comme dans un étau.

Kieffer, surpris, est incapable de mouvement, et sa langue impuissante.

— Bonjour, Kieffer, bonjour, tu ne m'attendais plus et tu étais bien barricadé.

Tu ne réponds pas à mon salut ? Ce n'est pas aimable de ta part. Tu n'es donc pas content de revoir un vieil ami ?

Les yeux du malheureux exprimaient l'épouvante.

— Compter tes écus tout seul, c'est trop fatigant. Je viens t'aider. Dis-moi donc, merci, au moins !

Il avait la cruauté atrocement joyeuse...

La figure de Kieffer se violaçait.

— Tu voulais partir sans m'attendre, n'est-ce pas ? Et surtout avant de régler nos comptes ; ce n'est pas loyal. Et tu sais, les bons comptes font les bons amis...

Kieffer était secoué par un violent frisson.

— Tout beau ! tout beau ! laisse-toi faire en douceur. Pas tant de mouvements, tu pourrais te faire mal.

Par un effort inouï, désespéré, et d'un coup de jarret vigoureux, Kieffer se dresse brusquement.

La table, projetée en avant, culbute ; les pièces d'or tombent et s'éparpillent de tous les côtés avec un bruit de cloches.

Sa chaise est lancée en arrière, les jambes du mendiant s'embarrassent dans cet obstacle imprévu, il trébuche un instant.

De sa main droite, il prend la chaise et la lance au fond de la salle.

Kieffer, un instant dégagé, jette un cri inhumain d'angoissante terreur.

Il ne peut en jeter un second. Jaühn s'était repris et serrait plus fort, décidé à en finir.

— Allons ! allons ! pas tant de tapage, nos affaires ne regardent personne.

Kieffer se sent mourir... Sa langue pendante se borde d'un filet sanglant, ses yeux se ferment.

Brusquement, deux bras vigoureux enlacent le mendiant qui pousse un juron terrible.

Il abandonne sa victime, qui va rouler au milieu de la chambre, se dégage de l'étreinte qui l'enserre, se retourne, écumant de rage, et s'élance sur son nouvel adversaire, son poignard à la main.

Il était temps, le malheureux fournisseur râlait déjà et allait mourir étranglé.

Jacques, car c'était lui, se saisit d'une chaise, s'en forme un bouclier, se précipite sur Meurt-de-faim, le frappe brusquement et en pleine poitrine de quatre coups à la fois.

Le mendiant, étourdi un instant, revient furieux.

La lutte se prolonge, inégale. Féroce dans sa supériorité musculaire, Jaühn s'empare de la chaise, désarme le sous-aide et lève son poignard pour le frapper au cœur.

Kieffer se relève, ouvre la fenêtre et appelle au secours.

« Hounegrelaildre » se sent perdu, il abandonne Jacques, prend son élan, passe par-dessus la tête du fournisseur penché, retombe au milieu de la rue et disparaît.

— Arrêtez-le, arrêtez-le ! criaient à la fois les deux hommes délivrés.

Aussitôt après son déjeuner, Jacques avait écrit à sa mère, puis il était monté au premier étage, près de tante Victoire et de Simone.

Il voulait leur montrer sa lettre.

Et puis, là-haut, dans la chambre des deux femmes, où il pénétrait comme dans un sanctuaire, aujourd'hui et pour la première fois il attendait avec moins d'impatience le père de sa bien-aimée.

Dans ce petit cercle de joyeuse intimité, on escomptait le consentement des parents, on fixait pour bientôt l'époque du grand jour.

Les règlements militaires qui retardent et entravent le mariage des officiers n'étaient pas encore élaborés, ils n'étaient pas même à l'étude.

Jacques avait vu venir le commandant, et il descendait au-devant de lui.

En passant devant sa chambre, il avait entendu un cri d'angoisse et d'appel.

Les portes et du corridor et de la cuisine étaient barricadées. Alors il s'était dirigé par la chambre d'Herman.

Le commandant Chauvigné avait passé presque toute la journée à rechercher le mendiant, et à cacher les bateaux qui continuaient d'arriver de tous les côtés à la fois.

Par ses soins, les postes de Kunten, de Dietikon, de Schlieren, d'Alstetein et de Birmensdorff, prévenus, possédaient le signalement de l'espion.

Il avait fait surveiller attentivement la Limmat sur tout son parcours. Il avait fait garder les routes, les chemins et jusqu'aux sentiers à peine tracés.

Le bois avait été cerné, parcouru dans tous les sens, les buissons fouillés, les rochers visités, les arbres, dont les feuillages auraient pu servir de cachette, inspectés.

Et il revenait désespéré.

L'insuccès, comme un remords, grondait au fond de sa conscience. Jaühn lui pesait comme un cauchemar.

Ah ! si du moins il avait emmené Bataille, comme tante Victoire le lui avait recommandé et avec tant d'instances !

Il allait faire son rapport au général, lui demander de devancer le passage de la Limmat et de prévenir l'espion, dût-il passer la nuit sans repos, dût-il, lui et ses hommes, mourir de fatigue.

Michaud restait taciturne auprès de son commandant ; sa cicatrice restait toute blanche. Il vivait de la vie de Chauvigné, il était gai avec lui et plus triste encore lorsqu'il voyait sa figure s'assombrir.

La compagnie elle-même sentait, sans le comprendre, un grand malheur s'appesantir sur l'armée tout entière.

On revenait d'un pas triste, alangui; point de chant, point de rire, pas même un mot à voix basse. Chacun gardait pour soi la mauvaise impression de la journée.

Il y avait de la glace dans les veines.

— Arrêtez-le! arrêtez-le! continuait de crier Jacques.

— Meurt-de-faim! Meurt-de-faim! le bandit. Sus! sus au bandit! criait Michaud.

Et, oubliant toute fatigue, suivi de Poirier, de Jollivet et de Vermorin, il se mit à sa poursuite. C'était un tourbillon.

Mais le mendiant, secoué par la peur, avec des jarrets d'acier, avait déjà disparu devant ce nouveau danger.

— Pichon, Quantin, Moraud, Robinet, à gauche... courez au pont et coupez-lui la retraite, cria le commandant.

Les quatre hommes étaient déjà partis.

— Aubin, Cochet, Duval et Dupuy, vous, à droite, remontez la Reuss. Surtout qu'il n'échappe plus. Hardi, les enfants!

Les habitants, sortis de leurs demeures, comme une foule houleuse, avaient rempli la place publique.

Les enfants grouillaient, poussaient des cris et se culbutaient.

Les hommes s'agitaient, piétinaient, couraient les uns après les autres.

Les femmes, d'une fenêtre à l'autre, s'interpellaient.

— Qu'y a-t-il?

— C'est Jahn!

— Il a voulu tuer M. Kieffer pour avoir son argent.

— Le mendiant maudit!

— Pas possible!

— Il ne me revenait pas à moi, et si j'avais été la maîtresse...

— Tu sais, la mule à Dürr?

— Oui!

— Il ne l'a pas retrouvée, elle est perdue, volée pour sûr!

— C'est peut-être lui, qui donc voudrais-tu que ce soit?

Bataille sautait autour du commandant, aboyant dans la joie de le revoir.

Chauvigné, avec le reste de ses hommes, s'était fait jour au travers de la foule ameutée, et, suivi de son chien, s'était dirigé, au pas de course, du côté de la rivière.

Les cris, les appels, les ordres, les clameurs se croisaient.

Les soldats accouraient, les officiers quittaient la brasserie Müller pour prendre des informations.

Laure allait d'un groupe à l'autre, puis avait pris la direction du Sanglier d'argent pour demander des nouvelles de Kieffer.

— Désolé, désolé, ma pauvre Laure, lui disait Herman, désolé d'un pareil malheur! J'étais absent, avec ma bourgeoise, tu comprends, avec tant de monde à nourrir, il en faut des provisions! J'étais chez le boucher quand j'ai appris l'accident. C'est ma femme qui est venue me chercher. Désolé. Que vont dire les voyageurs après cela? Ils vont déserter mon hôtel. C'est ton père qui en profitera; à côté de sa brasserie, il va pouvoir élever une auberge, maintenant qu'il est riche!

— Ah! maître Herman, pouvez-vous penser!

Tante Victoire et Simone, inquiètes, étaient descendues à leur tour. Elles interrogeaient Désaillards penché à la fenêtre.

— Vous n'êtes pas blessé, Jacques, disait Simone, tremblante d'émotion.

Et le sous-aide la rassurait d'un bon sourire.

Kieffer, rampant sur le parquet de la chambre, furetait sous le poêle, sous la table, sous la pendule, sous les chaises, sous le lit, partout! Il ramassait avec ardeur les pièces d'or et les entassait dans son sac.

Le bruit de la rue ne l'inquiétait pas, il préférait le tintement de ses florins. Et il avait peur d'être surpris encore une fois dans son travail.

Quant à Jahn, il bondissait. La peur lui donnait des ailes... et il tenait toujours son poignard à la main.

— Malheur à celui qui me touchera le premier!

L'habitude du danger lui permettait de garder son sang-froid.

D'instinct il s'était dirigé, dans sa course échevelée, vers le pont de Wohlen, seul chemin par où il pouvait encore échapper.

Mais là venaient d'arriver Pichon et ses hommes qui, baïonnette au canon, lui barraient la route.

Il descendait la Reuss, poursuivi de près par Michaud et les siens qui avaient retrouvé ses traces.

Il croyait encore avoir des chances d'échapper, quand Aubin, Cochet, Duval et Dupuy, remontant la rivière, lui fermaient le passage.

Alors, affolé, Meurt-de-faim se jetait dans la Reuss, et d'un bras vigoureux, secondé par le courant, il fuyait à la nage.

— Feu! Feu! grondait Michaud.

La fusillade éclatait... et l'écho, en la multipliant, la rendait encore plus nourrie et plus retentissante.

La nuit tombait rapidement. Elle favorisait la fuite du mendiant, qui, par des plongeons successifs, parvenait à échapper à la vue des tirailleurs.

C'était à ce moment que Gaston, réveillé comme en sursaut de sa rêverie criminelle, avait pu se mêler à la foule des curieux qui suivaient ce drame palpitant.

Jahn allait disparaître.

Mais le commandant excita le chien qui ne le quittait pas.

— Hardi, Bataille! Hardi!

Et Bataille s'était lancé dans la rivière et allait sus au mendiant.

Le courant le lui amenait.

— Embarquons, dit le commandant à Michaud, en apercevant la barque qui devait servir à la fuite de Chavernay.

C'était un bateau appartenant à Herman. Sur une bande blanche, il y avait un nom: « Wilhelmine », celui de sa tendre moitié.

Pour ne pas éveiller l'attention des habitants, les soldats ne l'avaient pas encore enlevé.

« Meurt-de-faim » haletait, épuisé... il se laissait aller au courant... quand soudain il aperçut la gueule entr'ouverte de Bataille.

Il voulut lui échapper... il n'en eut ni la force ni le temps.

Le chien lui avait sauté au cou et l'avait étranglé.

Quand les deux officiers arrivèrent, l'espion n'était plus qu'un cadavre que le courant emportait.

— Il a voulu étrangler Kieffer, dit un curieux, et il meurt étranglé.

Ce fut toute son oraison funèbre.

Ainsi mourut le lundi 23 septembre 1799, vers 6 heures du soir, Jaöhn, dit « Hungerleider », dit Meurt-de-faim...

Il était né, il avait vécu, il était mort dans la misère.

Dans son union avec ce malheureux, elle n'avait pas admis le divorce.

# VIII

## SÉDUCTION

Le repas du soir — il fallait bien manger — terrifiait d'avance le malheureux Gaston.

Il craignait la tendresse clairvoyante de Jacques.

Certainement il lirait sur son front les pensées mauvaises qui troublaient si profondément son âme.

Il redoutait par-dessus tout la présence de Kieffer.

Pourrait-il se contenir devant cet être répugnant et faire taire sa jalousie et sa haine ?

Comment l'aborderait-il ? Il ne trouverait sur ses lèvres que la menace et l'insulte.

Alors ce vieillard prendrait ombrage, il lui échapperait et, avec lui, la fortune à laquelle il tenait maintenant, comme si déjà elle était sienne.

Il avait décidé de rentrer le repas fini.

Mais il aurait pu venir à l'heure habituelle, il aurait mangé tout seul.

Kieffer, pour ne pas se séparer de son argent, avait prétexté un malaise et s'était fait servir dans sa chambre.

Après tant d'émotions, c'était bien naturel !

Jacques avait attendu son retour pour lui apprendre qu'il ne devait pas manger à table d'hôte. En ne le voyant pas venir, il était parti avec un gros chagrin.

Gaston avait donc dîné tout seul. Il avait mangé lentement. Son repas ne valait rien. Il ne pouvait pas s'en plaindre... Herman lui avait déjà reproché son retard.

Du reste, les morceaux ne pouvaient pas descendre ; la fièvre, qui ne l'avait pour ainsi dire pas quitté depuis la veille, lui avait desséché la bouche. Sa langue s'attachait au palais, il croyait manger du sable. Il avait bu plus que de coutume, autant pour s'étourdir que pour faire couler sa nourriture.

Aussitôt qu'il avait eu soupé il était sorti. Il ne rentrerait qu'après que Jacques — parti il ne savait où — serait rentré, couché et plongé dans son premier sommeil.

Il s'en alla errer sur les bords de la Reuss.

La lune, dans son dernier quartier, commençait à sortir brillante des lointains montagneux.

Les étoiles scintillaient au milieu d'un ciel sans nuages.

Le silence était descendu peu à peu sur la ville, les lumières disparaissaient les unes après les autres. Il pensa que l'heure du crime allait bientôt sonner.

Il se disposa à rentrer au *Sanglier d'argent*.

Les heures, qui pesaient si lourdement sur l'esprit de Gaston, s'écoulaient pour Jacques rapides et joyeuses.

Après la mort de Jaöhn, Chauvigné et Michaud revenaient tranquilles. Avec la fatigue morale, la fatigue physique avait disparu.

Ils marchaient d'un pas alerte et cadencé.

— L'armée est sauvée, mon commandant. A nous la victoire !

— Au moins, je pourrai dormir, répondit celui-ci.

Jacques les avait aperçus ; il avançait à leur rencontre avec une figure que la joie illuminait. Il avait préparé un grand discours. Mais Michaud l'intimidait.

Cependant le lieutenant avait disparu, il avait suivi les soldats et laissé seul son chef qui avait hâte de revoir ses chères aimées.

Jacques, soulagé, abordait le commandant. Il voulait lui dire son amour, celui de Simone, la joie de tante Victoire, et finalement lui demander... Le reste de la phrase lui paraissait bien difficile à mener à bonne fin. Son éloquence s'arrêtait net à cet endroit, mais il laissait au hasard de l'improvisation à trouver le mot juste et le tour poétique de la demande à formuler.

Tout à l'heure, Simone, en remontant dans sa chambre, lui avait répété pour la centième fois :

— Oh ! Père est si bon ! et il m'aime tant ! Il vous aimera bien aussi.

— Jacques, dit Chauvigné en l'abordant le premier et l'appelant par son petit nom, je tiens à vous féliciter.

Et il lui tendait la main.

— Merci, mon commandant, dit-il en ne pensant déjà plus à la lutte qu'il venait de soutenir, tante Victoire m'avait bien dit que vous seriez bon pour moi. Et Simone, Simone...

Il ne savait plus finir...

— Et Simone vous aime donc aussi ? dit Chauvigné en souriant.

— Oh ! Oui !

Et ce fut tout. Entre eux un grand silence se fit.

La foule, encore sous l'émotion, houlait en un murmure confus... les soldats rentraient au bivouac en chantant.

Le commandant jouissait de l'embarras de Jacques. Il se revoyait à vingt ans.

Son regard errait dans l'infini du soir, qui donne tant de charme aux choses.

Ses souvenirs renaissaient en foule.

Jacques, anxieux, regardait le commandant.

Il avait déjà regret de son audace, Simone était si au-dessus de lui. Mais voilà : son cœur avait parlé et il avait écouté son cœur qui tremblait en ce moment.

On arrivait au *Sanglier d'argent*.

Le père de Simone prenait Décaillards par le bras et lui disait :

— Venez ce soir dîner avec nous en « famille ». Nous serons mieux à causer chez moi qu'au milieu de cette foule indifférente et curieuse. Vous savez, à 7 heures précises... heure militaire.

Jacques était transporté de bonheur.

La nuit était venue. Elle vient vite au pays des montagnes.

La lune ne montrait pas encore ses rayons argentés, mais la joie ensoleillait les ombres du soir, et le jeune homme, d'un pas allègre, remontait la Reuss, et, sur ses rives escarpées, il faisait son « tour de ville ».

L'officier avait trouvé Simone sur le seuil qui l'attendait...

— Bonjour, père, dit-elle en lui tendant le front.

Puis rougissante :

— Avez-vous rencontré Jacques ?

Elle le savait bien : de sa fenêtre, en vedette derrière son rideau, au milieu du crépuscule qui commençait à enténébrer la place, elle avait vu, avec des yeux que l'amour rendait plus pénétrants, le jeune sous-aide aborder le commandant et revenir avec lui.

— Oui, fillette ! il vient dîner avec nous, es-tu contente ? Victoire ! ajouta-t-il à sa sœur qui accourait, Jacques vient manger avec nous, ce soir. Je vais prévenir notre sous-lieutenant.

Quelques instants après, Michaud entrait.

— C'est fête, ce soir, Michaud !

— En l'honneur de l'étranglement de Meurt-de-faim ? Alors, mon commandant, il faudra mettre Bataille à la place d'honneur !

— Bataille sera de la fête, mais l'espion est mort, il ne nous inquiète plus. Que Dieu ait son âme !

— Ou le diable !

— Ce n'est pas à nous à juger. C'est le secret de Dieu. Je t'invite ce soir aux fiançailles de Simone.

— Ah ! Et quel est le général qui...

— Ce n'est pas un général, Michaud ! dit le commandant en réprimant un sourire, il serait trop vieux pour mon enfant.

— Je n'avais pas pensé à ça, dit-il en se grattant la tête...

— C'est le sous-aide Jacques Désaillards. Ils s'aiment bien, les enfants.

— Ah ! je m'en doutais aussi.

Et la cicatrice passait au mauve.

— On le voyait toujours avec tante la Victoire, je me disais : ce n'est pas naturel, ça, il doit y avoir quelque anguille sous roche... Et puis, quand je les voyais tous les deux, notre Simone et lui, je me disais comme ça : Un beau couple ça ferait tout de même !

Et Michaud était parti.

Il se mit à brosser lui-même son uniforme, à en astiquer les boutons.

Son liseré d'or était tout neuf, et son épaulette, prise la veille au dépôt, pouvait paraître fraîche, surtout à la lumière.

Pour le jour de la noce, après la bataille prochaine, il se ferait faire, à ses frais, un nouvel uniforme.

Quand il se présenta à 7 heures moins le quart, il avait la moustache redressée, la figure brillante, plus brillante encore que ses boutons et que son liseré d'or.

Deux joies à la fois, et dans une même soirée, c'était tout juste ce qu'il pouvait supporter. Aussi sa cicatrice passait par toutes les couleurs de l'arc-en-ciel sans parvenir à se fixer.

Tante Victoire avait revêtu son costume de gala.

Pendant que, pour charmer son fiancé, la jeune fille avait quitté le costume national de l'Helvétie et repris ses vêtements de Française, la Sœur de Charité avait quitté les vêtements du monde pour prendre son habit de religion.

Les deux femmes voulaient plaire à ceux que leurs cœurs avaient choisis.

La tante ne voulait pas que l'amour de la nièce pour Jacques puisse égaler celui qu'elle avait pour son Dieu.

Ses cheveux de neige étaient emprisonnés par un bandeau blanc, et sous sa liliale cornette apparaissait une figure jeune et fraîche, idéalement belle.

Elle aurait pu paraître la sœur aînée et la rivale de Simone. Mais comme l'objet des deux amours était différent, différente aussi était l'expression de la figure, qui dès l'abord faisait cesser toute confusion.

7 heures sonnaient lorsque Jacques fit son entrée.

Simone avait reconnu son pas, et elle était accourue au-devant de lui.

Le jeune homme resta interdit, en extase devant la jeune fille.

— Comme vous êtes belle ! s'écria-t-il.

Elle était éblouissante en réalité, avec ses cheveux ondulés, qui se relevaient en torsades sur le sommet de la tête, ses boucles noires qui encadraient son visage, sa robe de soie claire et traînante dont la taille courte se moulait harmonieusement.

Les deux fiancés, la main dans la main, s'avançaient radieux.

— Mes chers enfants, dit le capitaine en ouvrant les bras pour les enserrer dans une même étreinte ! Je puis mourir ! ma fille ne restera pas seule !

Tante Victoire souriait à la façon des anges.

Michaud tordait frénétiquement sa moustache et pleurait comme un enfant.

Sa Simone — car elle lui était quelque chose aussi ; il l'avait vue naître, il l'avait bercée dans ses bras déjà robustes, il l'avait protégée, l'avait fait sauter sur ses genoux, sa Simone, — sa demoiselle allait se marier ! Ce qu'il avait fait pour elle, il le recommencerait pour ses enfants. Ce serait une consolation pour ses vieux jours.

— Comme ma mère serait heureuse ! disait Jacques en serrant dans ses mains celles de Simone, qu'elle serait heureuse, si e    était ici ! et mes sœurs ! Elles vous aimeront encore plus qu'elles ne m'ont aimé.

Puis il se tournait vers le commandant :

— Les paroles dernières de ma mère avant mon départ, je les ai gravées dans mon cœur et dans ma mémoire : « Ne donne ton cœur qu'à une jeune fille bien chrétienne et bien pieuse, et, une fois donné, ne le reprends jamais. »

Kieffer avait depuis longtemps achevé son repas solitaire.

Il était plus que jamais secoué par le frisson de la terreur ; il attendait et craignait en même temps l'arrivée des jeunes sous-aides.

— A qui se fier désormais ? Tous ceux qui m'environnent n'ont-ils pas les mêmes sentiments à mon égard que ce Meurt-de-faim ? Ma fortune n'excite-t-elle pas aussi leurs convoitises ? Je le saurai bien. Je veux m'en assurer encore une fois.

Il aurait voulu être déjà bien loin de ce lieu maudit. Mais l'odieux attentat dont il venait d'être la victime, avait forcément remis son départ au lendemain matin.

Il ne s'était plus senti la force de voyager, il aurait eu peur la nuit sur les routes. Et puis à quoi bon se hâter ? Jaübn était mort ; personne ne le soupçonnait ; il avait toujours le temps de prévenir les généraux des armées ennemies.

— Je passerai par Baden ; je prendrai une voiture, j'irai plus vite.

Sur sa table, à côté de lui, reposait son sac dans lequel il avait entassé son or et ses papiers. Il le caressait avec amour.

Sa grosse cravate enlevée, sa chemise ouverte laissait voir, sur son cou tuméfié, les mains du mendiant grossièrement dessinées en boursouflures sanguinolentes.

Le sommeil l'envahissait ; il avait les paupières alourdies ; ses yeux, plus injectés que jamais, se fermaient malgré lui.

Sa tête pesait lourdement sur ses épaules ; elle se dodelinait en cadence sur sa poitrine, pour se relever dans un brusque réveil qui ajoutait à sa fatigue.

Jacques rentra le premier.

— Comme vous avez tardé, lui cria-t-il ! Je vous attendais avec impatience, ô mon ami ! O mon sauveur ! Je ne voulais pas m'endormir sans vous avoir remercié. Où étiez-vous donc ?

— J'ai une grande nouvelle à vous annoncer...

— Ah ! laquelle ? Ce n'est pas un danger nouveau qui me menace ?

— Non ! et l'heureux fiancé souriait ; je vais bientôt me marier !...

— Avec la fille du commandant, je parie.

— Vous avez deviné.

— Je vous félicite, et je vous souhaite un bonheur de plus longue durée que le mien.

— Oh ! merci !

Et le jeune homme lui tendit la main. Kieffer la garda longtemps dans la sienne, puis avec un élan soudain de générosité factice, il reprit :

— Je veux mettre mon cadeau dans votre corbeille de mariage.

Et comme Jacques ne répondait pas, il ajouta :

— Je vous dois la vie ! Sans vous, où serais-je maintenant ? Regardez mon cou, il est tout meurtri et me fait horriblement souffrir... Le bandit, l'assassin, il n'avait pas peur de me serrer, je vous assure, il voulait m'étrangler...

Et comme il s'était levé pour montrer ses meurtrissures, il revint d'instinct vers la table où se trouvait sa fortune. Il indiqua du doigt.

— Oh ! ces richesses, je n'en veux plus, vous m'entendez, je n'en veux plus... Ce sont elles qui ont armé les mains de « Hounegretaildre » contre moi.

Il regardait Jacques d'un œil soupçonneux ; d'une voix sombre, il continua :

— Elles pourraient peut-être en armer d'autres ! et vous ne serez pas toujours là pour me défendre.

La parole du fournisseur se fit implorante, c'était comme une demande de service, comme un appel de secours.

— Prenez, prenez !... débarrassez-moi de cette fortune dangereuse. Elle est à vous, du reste... Et je vous dois une récompense... Je passerais pour un avare crasseux si vous n'acceptiez rien... Meurt-de-faim m'aurait tout pris, lui, le misérable, mes florins et ma vie. Et ma reconnaissance, entendez-vous, Jacques, je veux vous la prouver.

L'espion se grisait en parlant. Il tenait à son or autant qu'à sa vie, et en offrant tout il pensait bien ne rien donner. Du reste, il n'avait aucun désir de générosité.

Il approcha la lumière, ouvrit son sac, étala toute sa fortune, la fit miroiter aux yeux du jeune homme abasourdi.

— Vous l'avez déjà vue tantôt, cette richesse, alors qu'elle roulait sur le parquet de cette chambre ; je puis bien vous la montrer encore une fois.

Désaillards se taisait ; le mélange confus des sentiments qui se heurtaient sur les lèvres du fournisseur devenait pour lui une énigme. Il n'essayait même pas de la déchiffrer.

— Si vous ne voulez pas tout, partageons ; la moitié est à vous.

Et à pleines mains il lui tendait les pièces d'or.

— Gardez, gardez votre argent, Monsieur Kieffer.

Et Jacques s'était reculé ; il avait rejeté brusquement ses mains en arrière, comme pour leur éviter une souillure.

Il s'était redressé, et, avec une dignité froissée, il avait ajouté en scandant ses paroles :

— Un soldat français sait rendre des services ; les vendre, jamais !

Devant ce noble refus, l'espion continua sans hésiter, il multiplia ses instances.

Il ne parlait plus de déposer un cadeau dans la corbeille de mariage, Jacques aurait pu l'accepter. Il se fit plus solennel ; comme s'il offrait une aumône :

— Prenez, Monsieur Désaillards, la République n'est pas riche, ni les sous-aides non plus ; la paye n'est pas forte et les assignats n'ont plus cours ; prenez, prenez, je vous dis.

Mais il avait fermé son sac, l'avait replacé en sautoir sur son épaule. Il n'avait plus l'intention de l'ouvrir à nouveau.

Jacques ne s'était même pas aperçu de ce manège. Il croyait tout le monde aussi loyal que lui.

— De grâce, n'insistez pas, Monsieur ! n'insistez pas ! dit-il avec impatience. C'est inutile, vous le savez bien.

— Vous avez tort, Jacques ; et il avait pris un ton cauteleux. Vous êtes jeune, vous ne savez pas ce que vous refusez...

Il s'arrêta un instant :

— Vous n'avez jamais souffert... et vous ne

vous êtes jamais [...] d'où vient l'argent. Mais plus tard, vous [...] croyez à mon expérience.

Jacques se taisait, visiblement agacé ! Il eût fait jour. Il aurait pris un prétexte et serait parti. Mais, à cette heure tardive, où aller ?

Kieffer continuait avec une monotonie croissante :

— Ah ! si à votre âge j'avais rencontré sur mon chemin un homme qui m'eût offert la moitié, le quart de ce que je voulais vous donner, je sais bien ce que j'aurais fait.

— Eh bien ! moi, j'aurais refusé. Vous n'êtes pas soldat, Monsieur Kieffer, et vous n'êtes pas Français !

— L'état militaire n'enrichit pas, pas plus que celui de fournisseur de l'armée, du reste... vous pouvez m'en croire, on y mange ses petites économies.

— On ne s'en douterait jamais, dit Jacques, qui commençait à trouver plaisant ce comique bonhomme.

— Je n'ai point voulu abandonner mon pauvre argent dans ma maison de Baden, il n'aurait pas été en sûreté pendant mon absence.

— Il ne l'était guère non plus avec vous !

— Oh ! sans votre secours. Alors, vous ne voulez pas partager ? Au moins nous serions deux pour le défendre.

— Cessez de me tenter, Monsieur, je ne veux rien et je n'accepterai rien.

— Alors, Monsieur Désaillards, je vais me coucher, mon sac me servira d'oreiller, je pourrai dormir la tête appuyée dessus. Mon sommeil sera calme et tranquille. Ce serait bien pénible pour moi de perdre en une seule nuit ce que j'ai ramassé kreutzer par kreutzer. Un morceau de pain pour ma vieillesse, quoi !

Et pourtant, continua Kieffer, que l'idée d'un nouvel attentat venait d'envahir, c'est à votre âge qu'on en a le plus besoin. Vous allez quitter votre vie de garçon. Si j'avais eu un peu de cet or que vous dédaignez, j'aurais pu, à la mort de ma femme, enlevée trop tôt, hélas ! — que le bon Dieu ait son âme, à la chère créature ! — j'aurais pu fonder une famille nouvelle.

Il s'arrêta, poussa un long soupir...

— Croyez-vous, Monsieur Jacques, que je n'eusse pas aimé à faire sauter sur mes genoux de gros bébés joufflus qui m'auraient tiré les moustaches, en gazouillant de ces mots qui ne signifient rien et qui disent tant au cœur d'un père !

Le sous-aide avait souri, intéressé subitement par cette corde harmonieuse qui vibrait si profondément douce à son cœur de fiancé.

Kieffer continuait, heureux d'être écouté. Et puis, c'était toujours autant de moins qu'il aurait à dormir, exposé entre deux convoitises peut-être.

— Mais la maladie de ma défunte m'a coûté les yeux de la tête. Il m'a fallu travailler dur pour payer toutes mes dettes. La plus belle partie de ma jeunesse s'est écoulée sur les chemins, dans le tumulte des foires. Puis il m'a fallu amasser cette fortune, aujourd'hui presque inutile, puisque je suis privé des plus douces et des meilleures jouissances.

Trente ans plus tôt, elle m'eût procuré tout ce que je regrette.

Avec elle, je ne serais pas aujourd'hui comme un Juif errant, client obligé d'un hôtelier qui vend son amabilité aussi bien et plus cher que sa choucroute et ses côtelettes.

Je n'aurais point quitté Baden, et j'en serais peut-être maintenant bourgmestre.

— Et il s'enflammait de plus en plus, tout en lui vibrait. Sa passion le dominait.

— L'or, quel bon compagnon ! quel joyeux camarade ! quel heureux compère ! qu'il ouvre de portes et qu'il ferme de bouches ! Que de langues il enchaîne et que de langues il délie ! Sans lui, la probité ne compte pas, le travail profite peu, le plaisir est impossible, la considération introuvable et l'amour une chimère !

Jacques était devenu rêveur : la dernière parole de Kieffer lui résonnait dans l'oreille comme un glas funèbre. Il pensait à Simone.

Ce sentiment se fit jour sur les traits du sous-aide. Et l'espion eut peur, son enthousiasme tomba.

— Je parle trop, je veux rire, ne prenez pas à la lettre tout ce que je vous dis là. Ce n'était que pour vous prouver combien vous avez eu tort de me refuser.

Puis, craignant que Jacques, enfin vaincu, veuille bien accepter une récompense, il se hâta d'ajouter :

— Aussi j'admire votre délicatesse autant que votre courage. J'ai voulu les faire ressortir et les montrer dans tout leur lustre. Il est temps de reposer. J'ai encore besoin pour cette nuit de votre garde vigilante.

— Et moi, je vais attendre Gaston. A demain, Monsieur !

— A demain !

Resté seul, Jacques eut comme un regret de n'avoir pas accepté des offres faites, avec plus ou moins de générosité, mais avec beaucoup d'instances.

Il chassa bientôt cette pensée comme indigne de lui.

— L'argent, l'argent, soupira-t-il, je n'entends plus parler que d'argent. Il a voulu une seconde fois me tenter.

Et il s'indignait. Puis une idée nouvelle le faisait sourire.

— Il me tendait un piège, il y aurait été pris, si j'avais accepté l'or qu'il me tendait à pleines mains. Si j'avais tendu les miennes, quelle grimace il aurait faite. C'est dommage que je ne me sois pas payé ce plaisir-là. C'eût été un spectacle amusant. Après tout, j'aurais peut-être bien fait d'accepter, pas pour moi, mais pour Simone. Ne m'avait-il pas promis un cadeau pour sa corbeille de mariage ?

Il se leva et se mit à marcher à pas lents et presque sans bruit pour ne pas éveiller son compagnon, qui commençait à s'endormir.

— Enfin, je ne l'ai pas fait. J'ai agi selon ma conscience et ma dignité.

Puis il s'arrêta dans sa petite promenade, et d'un geste décidé :

— Si c'était à refaire, je refuserais encore.

— Pardon, Monsieur Désaillards, dit Herman en ouvrant la porte de sa chambre, M. Chavernay n'est donc pas encore rentré ?

— Il ne va pas tarder, et je l'attends.

— Ces jeunes gens, ça vous empêche de dormir. Il était déjà en retard pour dîner, même que je l'ai grondé et qu'il a mangé froid. Il est en retard aussi pour se coucher. Et demain matin il fera la grasse matinée. Il croit peut-être que je puis en faire autant, comme si c'était possible, avec une pareille maison sur les bras ! Enfin, je vais achever mes comptes en l'attendant. Mais si dans un quart d'heure il n'est pas rentré, tant pis pour lui, il couchera à la belle étoile. Il pourra frapper, je ne me relèverai pas pour lui ouvrir, bien sûr ! Vous comprenez, un rhume est vite attrapé, et ce ne serait pas lui qui me soignerait, ça retomberait encore sur ma pauvre femme...

Et il sortit en grommelant.

Mais Jacques rêvait de Simone, et le temps passait vite.

L'hôtelier quittait à peine le sous-aide lorsque Gaston entra.

— Enfin, te voilà, dit Jacques, en allant au-devant de lui. Mais qu'as-tu donc ? Ta figure est toute bouleversée. Te serait-il arrivé quelque chose ? Es-tu malade ?

— Non, je n'ai rien, un peu fatigué, voilà tout. Mais toi, pourquoi n'es-tu pas encore couché ?

— Je voulais t'attendre.

— Ce n'était vraiment pas la peine. Et ce n'est pas très aimable à toi de vouloir contrôler ainsi toutes mes actions !

— Ah ! Gaston, peux-tu parler de la sorte ? Heureusement que ce n'est pas ta pensée.

— A voir toutes les attentions que tu as pour moi on dirait...

— On dirait que je t'aime, et l'on aurait raison.

— Mais où donc est Kieffer ? Est-ce qu'il dort déjà ?

— Je le crois, il est tellement fatigué ! Et l'amitié ne lui a donné le droit ni de t'attendre, ni de s'inquiéter à ton sujet, ni de t'interroger !

— M'interroger ! C'est une chose dont tu pourrais bien te dispenser !

— Gaston !

— L'amitié est discrète. Si elle devient importune, elle change de nom et de caractère.

— Mais où vois-tu de l'importunité ou de l'indiscrétion quand, en voyant ta figure pâle, tes traits tirés, tes yeux bouffis, je te demande si tu es malade ?

— Eh bien ! que ton amitié se rassure ; ma santé est bonne, et tu peux dormir sur tes deux oreilles.

— Gaston, tu as quelque chose. As-tu perdu au jeu ? as-tu besoin d'argent ? Dis, parle. J'ai encore quelque louis dans ma poche. Ils me représentent tous les sacrifices que mes trois mamans se sont imposés pour me faire la vie plus douce. Jamais je n'ai voulu exposer le prix de tant de peines aux caprices d'un atout, mais pour te sauver je te les offre. Prends ma bourse, paye et ne joue jamais plus.

Jacques tendait sa petite escarcelle. Il y avait juste de quoi payer la dette de jeu de son ami.

Gaston eut un mouvement, il fit même un geste pour la prendre. Il eût été sauvé. Mais l'orgueil fut plus fort, il repoussa de la main la somme offerte si généreusement.

— Où vas-tu chercher ce que tu me dis là ? Moi, perdre au jeu ?

— Cela ne pourrait pas t'arriver, n'est-ce pas ?

— Allons donc ! au contraire, il m'a favorisé. J'ai gagné vingt pistoles.

Herman, coiffé d'un bonnet de coton vert avec des rayures rouges, entra en disant :

— Ah ! vous voilà enfin, Monsieur Chavernay ! Il était temps, j'allais tout fermer et vous auriez couché dehors. Ces jeunes gens, ça nous fait veiller bien tard. Enfin on n'est pas toujours jeune, quoi. Je vais tout barricader, les portes et les fenêtres. Après l'assaut de la soirée, on ne prend jamais trop de précautions. Si « Hounegrelaildre » a pu entrer chez moi en plein jour, d'autres pourraient bien essayer d'y pénétrer la nuit. Ce n'est pas trop rassurant, mais vous pourrez dormir tranquille, vous serez en sûreté chez moi.

Pendant qu'il parlait, il avait fermé les épais contrevents.

Une traverse de bois, fixée à l'un d'eux par un boulon de fer autour duquel elle tournait facilement, venait s'enchâsser dans un large crochet fixé sur l'autre battant, où elle était retenue par une chevillette.

Lorsque les fenêtres furent closes, ce fut le tour de la porte d'entrée.

Là, les verrous et les serrures se multipliaient.

Il ferma ensuite la porte de la salle à manger, celle de la cuisine, « pour être chez moi », disait-il.

Puis, revenant dans la « chambre à trois lits », il agit avec la même précaution pour celles qui ouvraient et sur la cuisine et sur le corridor.

— Vous voyez que personne ne pourra entrer au Sanglier d'argent... ni en sortir, ajouta-t-il.

Et il était parti rejoindre sa bourgeoise qui n'attendait que son retour pour s'endormir.

Jacques éprouvait le besoin de confier son bonheur à Gaston.

Il marchait à petits pas dans la salle, et, machinalement, il s'efforçait de ne point mettre le pied sur les raies du parquet. Puis il venait s'asseoir près de la table.

Gaston était visiblement agacé.

La présence de son « camarade d'enfance » retardait ses projets criminels.

— Eh bien ! toi qui étais si pressé de dormir, tu ne vas donc pas te coucher ?

— Impossible de me reposer, tout ce qui m'est arrivé aujourd'hui m'agite et me donne la fièvre.

Et Jacques portait la main à son front. Il était brûlant.

— Tiens ! c'est vrai ! Meurt-de-faim a voulu étrangler Kieffer. J'ai appris toute ton histoire. Et j'oubliais de te féliciter. Te voilà un Crésus maintenant, car il a dû partager sa fortune avec toi ?

Il avait dit cela d'un ton de regret, mêlé d'amertume et d'ironie.

— Ah ! Gaston !

— Il ne t'a rien offert ! Alors, c'est un misérable. On dit pourtant que les pièces d'or roulaient à terre et de tous les côtés. On les a vues. Il y en avait partout. La chambre en était pleine.

Et ses yeux s'allumaient d'un feu sombre d'âpre convoitise.

— Si ! Il a été généreux, trop même ; mais j'ai refusé.

— Refusé !

Et sa stupéfaction était complète.

— Gaston ! me croirais-tu capable de vendre mes services ou d'accepter une aumône ?

— Ah ! je te reconnais bien là. Te voilà passé à l'état de chevalier errant. Don Quichotte n'aurait pas agi autrement.

— Mais l'honneur !

— L'honneur, que je sache, ne défend pas de recevoir le prix d'un service rendu !

— Comme un simple mercenaire, n'est-ce pas ? Alors, quittons notre uniforme, prenons un tablier et un plumeau. Je ne te reconnais plus. Hier, tu n'aurais pas parlé de la sorte. Tu disais l'autre jour : « L'honneur n'a pas de nuances. »

— Jacques, c'est dommage que nous ne vivions plus aux temps moyenâgeux, je t'armerais chevalier. Il ne te manque plus que la dame de tes pensées pour en être le type accompli.

— Mon cher ami, et un sourire épanouissait la figure de Jacques, arme-moi chevalier... et tout de suite, car moi aussi j'ai ma dame et qui occupe, en effet, toute ma pensée.

— Ah ! c'est une nouvelle que tu m'apprends là, sans me l'apprendre, du reste. C'est la brune Simonette, parions. Depuis que nous sommes à Bremgarten, on ne te voit plus nulle part. Les officiers s'en plaignent, car tu ne quittes plus les cotillons ni de la tante ni de la nièce.

— Gaston ! parle avec plus de respect de tante Victoire que tout le monde aime et vénère comme une héroïne, et de Simone, l'élue de mon cœur, un ange de vertu !

— Vous êtes bien tous les mêmes, tas de Capucins que vous êtes, avec votre mysticisme...

Et Gaston faisait de grands gestes, prenait un air de condescendante pitié et continuait :

— A la première intrigante qui s'attache à ton uniforme, crac ! tu prends feu ! C'est pour le bon motif, et vite, il faut se marier.

— Gaston, je te défends de parler de la sorte... Mon amitié a pu jusqu'à présent te laisser prendre un ton qu'aujourd'hui mon amour ne saurait tolérer.

Chavernay se retourna, mais il vit sur les traits de Jacques une telle énergie et dans son regard une telle virilité, qu'il en eut peur, et, changeant subitement de ton :

— Tu me parles de ton amitié. Eh bien ! Jacques, veux-tu laisser parler la mienne ?

— Tu n'as plus le langage d'un ami. Moi qui croyais trouver dans ton cœur un écho du mien ! Ah ! quelle douloureuse désillusion !

Il avait des larmes dans la voix ; il s'était levé et avait tourné le dos à Chavernay.

— Voyons, Jacques, tu es jeune. Raisonnons : si tu voulais aujourd'hui, à vingt ans, te mettre une chaîne au cou, il fallait tout à l'heure accepter, non pas seulement la moitié, mais la fortune entière du fournisseur. Tu ne comprends donc pas combien tu en aurais besoin !

— Et pourquoi, s'il te plaît ?

Et il regardait en face son contradicteur.

— Le nouveau commandant te donne sa fille, car il te l'a donnée, n'est-ce pas ?

— Oui ! Et c'est ce qui me fait tressaillir de bonheur !

— En même temps, il te donnait la tante et s'ajoutait par-dessus le marché.

Jacques ne comprenait pas, et ses yeux se faisaient interrogateurs.

— Dame ! l'invalide — et il peut, l'être demain — pourra attendre, à tes crochets, une rente que, trop pauvre, la République ne lui donnera jamais. C'est un bon marché qu'il fait là.

— Le père de Simone n'a pas des idées aussi monstrueuses. C'est un homme d'honneur !

— Un soldat de fortune.

Jacques bondit et, debout devant Gaston, les deux yeux dans les siens, les bras croisés :

— Je ne sais pas ce qui se passe dans ton cœur, car il devient mauvais... Mais le prétendant d'une vieille fille d'auberge n'est plus apte à juger les grands sentiments du chrétien ! Car il est chrétien et profondément. Il ne rougit pas de sa religion comme toi. Et seul, avoue-le, un chrétien peut parler d'honneur ! En restant fidèle au serment de son baptême, il reste fidèle aux devoirs et aux lois fondamentales de la conscience. Mais lorsque l'on devient parjure à ce serment-là, pourquoi les autres seraient-ils obligatoires ? Dis tout simplement que tu lui gardes rancune pour une plaisanterie spirituelle de sa sœur.

— Ne t'emballe pas, j'ai eu tort et je t'accorde sur ce point-là tout ce que tu voudras.

Alors, avec une ironie que le souvenir ravivé de Laure Müller rendait plus violente encore, il ajoutait :

— Tu n'auras ni le père ni la tante sur les bras, c'est entendu. Mais tu ne feras pas de ta femme une cuisinière. Et il te faudra de l'argent, et beaucoup, pour lui payer ses mains blanches, sa paresse au lit le matin, au soleil dans la journée, et le soir auprès d'un bon feu, ses chaudes fourrures en hiver, ses dentelles en été, et, en toutes les saisons, ses jolis sourires et ses tendres baisers.

— Et mon travail ?

— Laisse-moi finir. Avec tes sottes idées, tu rempliras ton foyer de marmots, que tu appelleras de blonds chérubins ; tu seras heureux de les entendre balbutier des patenôtres avec la brune compagne. Et tu es si dévoué à la société que tu te croiras obligé de lui fournir beaucoup de recrues. Tu voudras en encombrer la magistrature, l'armée et le clergé ; et, de l'argent pour tout cela, il en faut !

— Gaston, tu deviens pervers. On voit bien chez qui tu fréquentes.

— Tiens ! Jacques, tu n'arriveras jamais à rien. Tu es fait pour vivre dans la besogneuse médiocrité d'un petit médecin... et de campagne encore.

— C'est déjà quelque chose, cela !

— Non ! tu ne seras jamais riche ; mais je tombe de fatigue, je vais dormir ; reste si tu veux, tu as tes lauriers pour te reposer et ta Simone pour te donner au moins des rêves d'or. Adieu, paladin des temps antiques, riche en vertus, mais pauvre en écus. Ça rime.

— Gaston, ne parle pas comme ça, tu veux rire, n'est-ce pas ?

— Mais oui, je veux rire.

Et tout bas :

— Pour ne pas pleurer !

Il entra dans l'alcôve, où Kieffer, la tête sur son sac, dormait à poings fermés, avec des ronflements sonores.

Il se faisait tard; l'horloge venait de sonner 11 heures.

Jacques, resté seul, attendait le sommeil qui ne voulait pas venir.

Tout ce qu'il avait entendu depuis qu'il avait quitté Simone lui revenait à la mémoire, et machinalement il répétait par lambeaux les phrases qui l'avaient le plus frappé.

— L'or, quel bon compagnon! quel joyeux camarade! Sans lui, l'amour est une chimère!

Cette parole le révoltait.

— Non! Ce n'est pas vrai! Ma Simone n'est pas une chimère ni son amour. Elle m'aime autant que je puis l'aimer.

Puis cette ironique apostrophe de Gaston, lancée par lui avant de le quitter, comme une flèche de Parthe:

— Tu ne veux pas faire de ta femme une cuisinière? Tu ne seras jamais riche!

Alors il s'indignait:

— Certes, non! il ne ferait pas de sa femme une cuisinière! Sa mère à lui était encore là. Elle était suffisamment à l'aise! Sans doute elle ne dort pas sur une fortune égale à celle de cet homme qui ronfle là dans l'alcôve sans se soucier de la tempête qu'il a déchaînée dans mon âme.

Et le jeune homme revoyait les pièces d'or que l'espion lui avait offertes avec tant d'instances.

Ses yeux, qui étaient alors restés calmes, en étaient maintenant tout fascinés.

Il tressaillait par une sorte d'enlèvrement.

Simone avait-elle de la fortune? Il ne s'était jamais posé la question.

Il n'y avait jamais songé, du reste. Il avait été attiré vers elle comme le fer par l'aimant.

Il en avait subi la douce influence et avait tout naturellement suivi une inclination qui l'entraînait.

Etait-elle riche? Etait-elle pauvre? Elle était Simone, et cela suffisait à son amour.

En ce moment, il l'eût voulue pauvre, très pauvre même.

Il se voyait dans l'avenir. Il lui faisait, jour par jour, un peu de bien-être par le travail, et beaucoup de bonheur, à force de soins empressés.

— Non... et il se levait, marchait dans la chambre d'un pas saccadé. Non! non! répétait-il avec un grand geste des deux bras, je n'en ferai pas une cuisinière... ses mains si belles et si blanches resteront blanches et belles, dussé-je gratter la terre avec les miennes!

Puis, subitement, il revoyait Kieffer, avec sa chemise ouverte, son cou tout noir de meurtrissures, sa figure boursouflée, ses gros yeux de vieux tentateur, et il l'entendait murmurer à ses oreilles:

— L'or, quel joyeux compère!... Sans lui le travail profite peu et l'amour est une chimère.

Venait ensuite Gaston avec sa figure tirée, ses traits blafards, qui donnait ses deux mains à celles de Kieffer, et, dans une ronde échevelée, chantait à l'unisson:

— Non! tu ne seras jamais riche!

Alors, hébété, comme fou, Jacques retombait sur sa chaise, son front était brûlant et la sueur l'emperlait.

Il y a de ces refrains dont l'air revient sans cesse à la mémoire. On les fredonne, on les siffle entre ses dents sans s'en apercevoir. Le soir surtout, lorsque le cœur bat trop vite, que la tête bourdonne, le bourdonnement lentement se transforme, éclate à l'oreille en un chant qui ne vous quitte plus. Le couplet après le refrain, et le refrain après le couplet sont répétés à satiété et se succèdent sans fin. C'est une fatigue, un malaise, une souffrance, une vraie torture. On voudrait dormir, mais la chanson, dans sa hantise étourdissante, retient éveillé.

Il en était ainsi pour Jacques.

Le « Tu ne seras jamais riche » de Gaston s'unissait, s'accouplait aux paroles de Kieffer: « Sans l'or, l'amour est une chimère », pour le surexciter et l'exaspérer davantage.

Il se raidissait contre lui-même; il se levait, il marchait sans plus se soucier de réveiller le fournisseur, qui ronflait toujours, ni Chavernay, qui paraissait dormir.

Puis il retombait sur sa chaise, la tête dans ses mains et les yeux fermés.

Il revoyait Simone, avec sa robe claire, une fleur au corsage, la chevelure étagée avec des boucles et des frisons où se jouait la lumière, puis, comme dans un cauchemar, elle se transformait soudain, ses mains devenaient noires, ses vêtements se souillaient, elle était changée en cuisinière.

Et à son oreille, comme un coup de tonnerre, éclatait la voix moqueuse de Gaston:

— Non, tu ne seras jamais riche!

Il s'était redressé comme un ressort qui se détend, et avait recommencé sa promenade.

— Ah! pourquoi? Oui! Pourquoi avoir fait la sottise de refuser l'or qu'il m'offrait à pleines mains. L'honneur, disait l'autre, l'honneur ne défend pas de recevoir le prix d'un service rendu. Et là, il y a toute une fortune. Elle est à moi, il me l'a offerte, il me l'a donnée.

Je vois encore les florins qu'il faisait miroiter à mes yeux éblouis.

Pourquoi n'ai-je pas accepté?

Mais ce que je n'ai pas fait tout à l'heure, je puis le faire maintenant.

Il me le disait bien, du reste; lui, un vieillard, il n'en jouirait jamais, et après lui, personne! Ne me l'a-t-il pas assez répété?

— Vous entendez, je n'en veux plus, je n'en veux plus; prenez, prenez tout. C'est ma fortune qui a armé contre moi les mains de Meurt-de-faim.

Et Jacques s'était assis de nouveau.

Il revoyait le mendiant; ses mains sales et noires pétrissaient le cou du fournisseur; elles s'enfonçaient dans ses chairs flasques; elles meurtrissaient les muscles, broyaient les artères et les veines.

— A-t-il été assez maladroit et long dans sa besogne! Il n'en finissait pas. J'ai pu descendre l'escalier, m'arrêter quelques instants pour entendre son cri d'appel, pour m'orienter. Il a fallu frapper à la porte, fermée à l'intérieur, faire le tour par la cuisine, retrouver encore porte close, entrer dans la chambre d'Herman, arriver ici, et j'ai encore eu le temps de le sauver.

Il n'en faut pourtant pas beaucoup pour tuer un homme. Il aurait tiré son poignard, le lui aurait enfoncé dans le cœur, c'était fini. Pas seulement le temps de pousser un cri !

Jacques porta la main à son cou, comme pour écarter des mains qui l'auraient comprimé.

— Il a été bien heureux de me trouver. Et moi, assez enfant pour refuser une récompense si bien méritée, car j'exposais ma vie pour sauver la sienne.

Et Simone sera pauvre ! et je ne serai jamais riche ! Pourquoi donc ?

Désallards se leva brusquement...

— A-t-il besoin de vivre ? Il est vieux, il n'a plus de famille, personne ne l'aime et personne ne l'attend. Son or me fascine...

Alors, tendant le poing du côté de l'alcôve, il ajouta presque tout haut :

— Monstre ! pourquoi m'avoir tenté ? Car tu l'as fait, tu le sais bien. Si ta fortune a armé les mains de Jaulin, c'est toi qui armes la mienne.

Le cœur du jeune homme battait à se rompre, les palpitations en étaient si puissantes et si sonores qu'on aurait pu les entendre et les compter. Sa respiration était sifflante, sa tête en feu, sa vue s'obscurcissait, ses oreilles tintaient, il lui semblait marcher sur des charbons ardents. Il avait le délire...

Sa trousse est installée en évidence sur la table. Il l'ouvre, prend un scalpel, et crie comme un fou, sans se soucier s'il allait ou non réveiller sa victime et la mettre en état de défense :

— Cette lame d'un seul coup va lui trancher la carotide. Allons, viens, Simone, viens, nous serons riches !

Et d'un pas automatique, pas de somnambule, il se dirige vers l'alcôve.

Kieffer dormait plus bruyamment que jamais...

Tout à coup, Jacques éclate en sanglots. Il rejette loin de lui l'instrument fatal.

Le Christ d'albâtre, aux pieds duquel il avait accoutumé de faire chaque jour ses prières du matin et du soir, avait brusquement frappé ses regards.

Au milieu de la demi-obscurité où la croix se trouvait plongée, il n'avait perçu que la grande forme blanche du divin Crucifié.

Elle semblait une apparition. Ses deux bras s'étendaient en avant comme pour lui défendre d'approcher, et, du fond de ses deux orbites creusées, il avait cru voir jaillir des éclairs menaçants.

— Mon Dieu ! Mon Dieu ! qu'allais-je faire ? J'entends votre voix tonner au fond de ma conscience ! J'aperçois la lumière de vos yeux. Instrument maudit et maudit moi-même. Je me fais horreur.

Et ses larmes tombaient brûlantes et amères, la sueur ruisselait de son front, lui collait les cheveux aux tempes.

Secoué tout entier par cette réaction, il pleurait, pleurait, toujours épouvanté.

— Je me fais horreur ! Je me fais horreur ! Qu'est-ce donc que le cœur de l'homme ? Faiblesse, misère et turpitude. Oh ! quelle monstrueuse tentation ! Et j'allais succomber, sans votre grâce, ô mon Dieu ! Je le vois et je le

sens. Ah ! je comprends que si j'eusse été tout seul, je serais devenu, moi aussi, un misérable meurtrier. O ma mère, que dirais-tu de ton fils si tu avais assisté au drame de mon cœur et de ma pensée ? Simone, Simone ! ange de pureté, j'ai profané votre nom, pourrez-vous me pardonner ? C'est à vous, ô mon Dieu, à le faire. J'ai rêvé le crime, ma raison et mes sens étaient fascinés, éblouis, en délire.

Il y eut un grand silence et un grand apaisement pour Jacques.

Mais s'il se fût retourné, il aurait pu voir, braqués sur lui, deux grands yeux noirs, aux reflets sataniques.

C'était Gaston Chavernay, son « camarade », qui le regardait avec mépris... Avec un ricanement de l'enfer, il murmurait :

— Imbécile ! Je savais bien que la foi rend l'homme faible.


## IX



Jacques s'était mis à genoux... Il récitait son *Pater* et répétait avec de profonds soupirs : « Ne nous laissez pas succomber à la tentation. »

Puis il s'était relevé, avait sans bruit ouvert la fenêtre et les contrevents.

— Fuyons, dit-il en sautant dans la rue... la fascination pourrait encore me revenir, et je ne veux plus m'exposer à la tentation... Oh ! que la nuit est belle ! je vais enfin respirer l'air pur et chasser à jamais les derniers vestiges de mon rêve criminel.

La nuit, en effet, était splendide. Le firmament avait sa parure de fête. Il avait revêtu son manteau d'azur parsemé de scintillantes étoiles, et sur son front, posé comme un diadème, l'astre d'argent qui lançait à profusion, par-dessus les montagnes, ses flots de rayons adoucis.

On eût dit que l'ange gardien du fiancé de Simone avait encore embelli le ciel, pour avec plus d'éclat célébrer son triomphe.

Jacques allait, par les rues de la bourgade, vers les rives du fleuve. Sur la Reuss glissaient de grandes taches noires mobiles : c'étaient les dernières barques que Michaud et ses hommes enlevaient, pour les conduire à Dietikon.

Il retrouvait enfin, dans cette promenade apaisante, le repos du cœur et le calme de la pensée. Son âme maintenant était dans l'allégresse.

Jamais l'océan n'est plus magnifique qu'après une violente tempête ; jamais le ciel n'est plus pur qu'après un orage. Ainsi pour Jacques, après l'ouragan qui avait bouleversé son cœur.

— Je puis rentrer maintenant, ma frénésie d'un instant s'est dissipée. Je veillerais sur des millions sans éprouver la moindre tentation.

Ma probité se relève et plus forte et plus fière après ce combat. Il me fallait cette épreuve permise par Dieu, pour me faire encore mieux comprendre combien la raison est faible, combien l'honneur est impuissant, si la foi, force surnaturelle, ne vient pas nous soutenir et nous protéger dans les luttes quotidiennes de la vie.

Je puis lever le front, comme le soldat après

la victoire, je suis léger, content, heureux comme aux jours les plus purs de mon enfance, comme au jour de ma première Communion.

Je voudrais, ma Simone, que vous puissiez voir votre Jacques en ce moment. Peut-être rêvez-vous de moi ? Que Dieu vous fasse ressentir un peu de mon bonheur, vous ne saurez jamais les angoisses que je viens de traverser.

En revenant, il s'arrêta quelques instants à contempler la fenêtre de la chambre où reposait sa chère fiancée.

Il enjamba lentement la sienne, ferma derrière lui les contrevents, fit retomber la traverse dans son crochet, la fixa avec la chevillette de fer. En fermant la fenêtre, l'espagnolette avait grincé, il s'arrêta un instant, il eut peur d'avoir réveillé quelqu'un.

La lumière n'était pas éteinte ; il la prit, et, pour aller remercier Dieu, il pénétra dans l'alcôve.....

Soudain il pousse un cri, un seul cri d'angoissante terreur, cri effroyable qui éclate au milieu du silence comme un rugissement de douleur et d'épouvante tout à la fois.

Il étend les bras et tombe à la renverse....

— Qu'y a-t-il ? Mon Dieu ! Qu'y a-t-il encore ?.... disait Herman tout endormi, et déjà debout.

L'hôtelier, à peine vêtu, s'avançait lentement.

— Qui est là ? Personne ne répond ? Qui est là ?

Et il avait crié plus fort comme pour s'étourdir et se donner du courage...

— Wilhelmine, une lumière !

La pauvre femme apeurée avait battu le briquet, allumé une chandelle, mais n'avait pas pu sortir de son lit.

Herman était revenu et s'était habillé à la hâte.

Il avançait maintenant en hésitant. Soudain il s'arrêtait...

Son pied avait heurté la tête de Jacques étendu par terre.

— Qu'y a-t-il ? avait continué le maître de la maison, en secouant le jeune homme avec vigueur.

— Du sang !... du sang !... là... là... un crime, balbutiait Jacques d'une voix étranglée et mourante.

Il s'était soulevé un instant, et, appuyé sur la main gauche, il montrait l'alcôve de la main droite.

— Un crime !

L'hôtelier ouvre la fenêtre, et à pleins poumons, au milieu du silence de la nuit :

— Au secours ! A la garde ! Au secours !

Une patrouille passait par hasard.

— Qu'y a-t-il encore, maître Herman ? dit le lieutenant accouru avec ses hommes.

— Là, affirmait-il sans l'avoir constaté... là, M. Kieffer assassiné... et M. Désallards aussi !

— Caporal !

— Mon lieutenant ?

— Courez chercher le major. Vous, sergent, avec vos hommes, gardez toutes les issues, que personne ne sorte et n'échappe ! Un crime vient d'être commis, l'assassin n'est pas loin... Peut-être est-il encore là !

l'officier pénétra dans la chambre par la fenêtre, suivi du sergent et de deux soldats.

— Gardez cet homme, et surtout ne dérangez rien ! Vous, allez chercher le chef de police.

Le lieutenant entra dans l'alcôve, suivi d'Herman qui portait une lumière et dont tous les membres tremblaient.

Là un spectacle atroce : l'hôtelier en recula d'épouvante.

Sur son lit, la gorge ouverte par une large blessure, gisait Kieffer assassiné.

Le sang avait rejailli sur le lit voisin encore défait.

— Le crime vient d'être commis, le cadavre est encore chaud.

Sur la table de nuit, en évidence, une trousse était ouverte à côté d'un portefeuille.

Le scalpel n'avait pas même été retiré de la blessure.

— Voici l'instrument du crime. Ce portefeuille va nous donner le nom de l'assassin.

Sur la première page, étaient écrits en grosses lettres rondes ces mots :

*Jacques Désallards,* puis plus fin, *sous-major à la 106e demi-brigade de bataille.*

— Relevez cet homme, dit l'officier en montrant le fiancé de Simone.

Cependant, à l'intérieur de l'hôtel, les portes s'ouvraient, on s'interrogeait, et la même demande était sur toutes les lèvres :

— Qu'y a-t-il donc ?

Du rez-de-chaussée montaient des bruits de voix, des cris et des appels au secours.

Chauvigné et les autres officiers étaient déjà descendus, et avec eux tante Victoire.

Elle s'était assurée que Simone dormait toujours ; elle avait rabattu les rideaux de son lit, elle ne voulait pas que sa nièce pût être troublée dans son sommeil.

Ils étaient tous stationnant dans le corridor, frappant à toutes les portes.

— Vous voyez, faisait remarquer Herman au lieutenant, vous voyez, les portes sont encore fermées ; pas moyen d'entrer. Toutes les fenêtres le sont aussi, et c'est moi-même, pour appeler au secours, qui ai ouvert celle par où vous avez pu passer. L'assassin est donc encore ici...

Puis se reprenant, et avec vivacité, il questionnait :

— Mais dites-moi donc où est passé M. Chavernay ? Je ne le vois nulle part.

Après quelques instants, il ajoutait :

— Aucun des deux lits n'a été défait : ces Messieurs ne se sont donc couchés ni l'un ni l'autre.

La porte du corridor gémissait, ébranlée par une poussée formidable.

Herman se décida à ouvrir.

Le commandant, tante Victoire et les officiers avaient pu pénétrer dans la chambre.

Le lieutenant s'avança :

— Messieurs, surtout que rien ne dérange rien avant l'arrivée du chef de police.

Chauvigné et sa sœur s'étaient précipités vers Jacques et lui épongeaient le front avec de l'eau froide.

Celui-ci avait ouvert les yeux, et, comme dans un rêve :

— Où suis-je ?

— Mon pauvre enfant ! mon pauvre enfant ! répétait tante Victoire, avec des larmes plein les yeux, courage, courage !

— Mon Dieu ! que se passe-t-il ? murmurait le jeune homme.

— Tu le sauras peut-être trop tôt, lui répondit d'une voix brutale le sergent de garde.

Le lieutenant tenait dans la main le portefeuille trouvé sur la table de nuit... Il le parcourait lentement. Enfin, s'approchant du sous-aide, qui commençait à reprendre vie :

— Comment t'appelles-tu ?

— Jacques Désallards.

— Arrêtez cet homme.

— Lieutenant, dit le père de Simone, je le connais, il est innocent, je réponds de lui.

— Peut-être, mon commandant, mais je suis de service, et je dois remplir mon devoir. Du reste, voici le chef de police, sa présence m'enlève toute responsabilité.

En effet, le chef de police des armées françaises arrivait, suivi de près par le chirurgien-major.

En quelques mots, ils furent mis au courant de la situation.

Le lieutenant lui remit le scalpel, la trousse et le portefeuille.

— Maître Herman, où est-il ? demanda le chef de police.

L'hôtelier, sa lumière à la main, s'approcha, pâle de terreur.

— Que savez-vous ? Que s'est-il passé ?

— Je ne sais pas — et sa voix tremblait. — Tout le monde dormait, et moi aussi. J'étais si fatigué, après une journée comme celle d'aujourd'hui, vous comprenez.

— Soyez précis, abrégez.

— Eh bien, j'étais dans mon premier sommeil, et je dors dur ordinairement. Il pouvait être minuit, minuit un quart, je ne sais pas au juste ; j'ai entendu un cri, celui de la victime probablement ; mais il a dû être bien fort pour me réveiller. Je suis accouru, j'ai trouvé M. Désallards là, par terre, évanoui. Je l'ai secoué, et rudement, je vous assure. Il m'a regardé avec des yeux tout blancs, et sans me voir il m'a dit : « Du sang ! du sang !... là... là... un crime ! » puis il est retombé.

L'interrogateur prenait rapidement des notes.

— Ce sont les paroles d'un homme surpris, et non d'un criminel, dit Chauvigné qui s'était approché.

— Mon commandant, ce n'est pas vous que j'ai l'honneur d'interroger. Continuez, Herman !

— J'ai ouvert la fenêtre et les contrevents, ils étaient bien fermés, je vous l'assure, puisque c'est moi qui les avais fermés hier soir. J'ai appelé au secours ! à la garde ! Elle est arrivée. Je ne sais rien de plus. Quant à l'autre, je ne sais pas ce qu'il est devenu.

— Quel autre ?

— M. Chavernay, qui couchait là, dans l'alcôve, à côté de la victime. Il m'avait fait veiller bien tard pour l'attendre, et maintenant, il est disparu. Comment ? Par où ? Je ne sais pas. Tout était fermé, comme d'habitude. Et c'est-il naturel, ça ?

Sa langue était déliée, la peur avait disparu, il aurait pu continuer longtemps, mais l'officier de police l'arrêta.

— Nous le retrouverons.

Puis, se tournant vers le chirurgien :

— Major, la victime respire-t-elle ?

— Non, plus rien à faire de ce côté-là.

— Avez-vous examiné la blessure ?

— Oui ; l'artère carotide a été coupée. Et c'est une main expérimentée et sûre d'elle-même qui a dû faire le coup.

— C'est bien.

Il se tourna du côté de Jacques, dont la tête inerte reposait sur les genoux de tante Victoire :

— Voici l'un des meurtriers, il faut l'interroger.

Jacques revenait difficilement à lui ; l'émotion trop forte qu'il venait de recevoir l'avait terrassé. Le major lui fit respirer du vinaigre, tout en disant :

— C'est impossible d'interroger cet homme en ce moment, surtout dans cet état de syncope qui se prolonge beaucoup trop et qui ne laisse pas de m'inquiéter.

— Eh bien, emmenez-le, dit l'officier de police aux soldats qui l'entouraient.

— Chef, au nom de l'humanité, dit tante Victoire, et elle s'était redressée superbe d'indignation, attendez au moins que M. Désallards ait repris un peu de force. Voyez, il ne peut se soutenir.

— Allez chercher un brancard, et emportez-le.

— Emportez-le à l'ambulance. Cet homme est réellement malade, dit le major, il a besoin d'être secouru. C'est une nature douce et impressionnable et j'en réponds.

— Sur mon honneur de soldat, moi aussi j'en réponds, dit Chauvigné.

— Et moi ! je jure devant Dieu et devant les hommes que Jacques Désallards, mon fiancé, est innocent du crime dont on l'accuse !

C'était Simone qui se dressait pâle et fière devant le chef de la police ; ses grands yeux bleus lançaient des flammes, sa voix était grave et puissante.

Puis, soudain, tournoyant sur elle-même, elle étendit les bras, et tomba sans vie auprès de son fiancé.

Alors se fit une étrange confusion, un tumulte indescriptible.

On s'empressait autour de la jeune fille, chacun voulait la voir, et tout le monde disait son mot.

Tante Victoire, aidée de Wilhelmine, put enfin dégager sa nièce.

Le commandant la prit sur ses bras, comme lorsqu'elle était toute petite, la remonta dans sa chambre, la déposa sur son lit, mit un baiser sur son front pâle, la laissa aux soins de sa sœur, et redescendit aussitôt.

Pendant ce temps-là, le chef de la police s'était tourné vers le lieutenant de garde :

— Allez au camp, faites sonner l'alarme, prenez deux ou trois compagnies, et en chasse ! Chavernay ne peut être loin, il faut le retrouver coûte que coûte.

L'officier fit le salut militaire, et, sans répondre, partit pour exécuter les ordres reçus.

Cependant, Bremgarten tout entier, réveillé au milieu de la nuit, s'était ameuté à la porte du *Sanglier d'argent* dans l'attente des événements.

La foule augmentait à chaque minute. C'était une cohue, une clameur étourdissante.

On se disait les uns aux autres :

— C'est encore Kieffer !

— Cette fois-ci, on l'a assassiné.

— On lui a coupé le cou.

— Qui donc ?

— Un Français, le jeune médecin qui l'avait sauvé tantôt ; un Français de la République !

— Ils viennent nous tuer jusque chez nous !

— Il y a eu sept ans le mois dernier, dans leur Paris, ils ont déjà massacré mon frère, disait une jeune femme.

— Et moi, mon fils. A mort ! à mort l'assassin !

— Ils ont fait cuire mon parrain et l'ont mangé, hurlait la grosse fille à Müller, ils vont en faire autant à M. Kieffer. Mort aux Français !

Et la foule s'exaspérait et assiégeait la maison d'Herman.

Un bataillon accourut, baïonnette au canon, qui dégagea avec peine les abords de l'hôtel envahi.

Cependant, Jacques revenait lentement à lui. Il s'était levé, il chancelait encore et regardait avec de grands yeux étonnés ce qui se passait.

— Qu'y a-t-il ?

— Il y a... il y a... Tonnerre de carabin ! que tu mérites deux fois là mort, lui cria un caporal en levant la crosse de son fusil pour le frapper.

— Respectez l'accusé, lui dit d'un ton sévère le commandant ; et d'abord, qui vous dit qu'il est coupable ?

Et il lui arracha l'arme des mains en ajoutant :

— Un soldat qui se sert de son arme pour opprimer un malheureux n'est pas digne de la porter.

— Lâche, répétaient les soldats ! C'est lui, l'assassin ! Lâche ! Espèce de lâche !

Le brancard venait d'arriver.

— Emportez-le ! dit le chef de police, et passez par la porte de derrière pour éviter la foule.

Sur la place publique la multitude hurlait toujours des menaces, et s'agitait aux rayons affaiblis de la lune qui allait disparaître derrière les montagnes prochaines.

Jacques fut conduit à l'ambulance.

X

EN PRISON

Malgré les fatigues de la nuit passée par Michaud et sa compagnie à exécuter les ordres du général Gazan, Chauvigné leur avait confié la garde de Jacques Désallards, prisonnier à l'ambulance.

Quantin et Morand montaient la garde.

Poirrier, Pichon, Jollivet et les autres soldats étaient groupés autour d'un grand feu.

Les fusils en faisceaux brillaient aux lueurs de la flambée.

Vermorin seul était absent. A défaut de vin blanc, l'eau-de-vie et la bière l'avaient plongé, non dans les vignes, mais dans les houblonnières du Seigneur.

— En voilà de fameuses recrues, disait Robinet, un vieux briscard, en parlant des deux sous-aides.

— Mais on dit qu'ils étaient deusse... et que c'est l'autre qui a fait le coup.

— Chavernay, avec son air pincé, ne me revenait pas du tout, à moi, disait Duval. L'autre jour que j'avais mal aux dents, il voulait me fourrer au clou, sous prétexte que je lui collais une blague.

— Désallards n'était pas si fier avec le troupier, faut bien le reconnaître !

— Ça c'est vrai, c'est un bon garçon !

— Mais par où Chavernay a-t-il pu passer ? Les portes et les fenêtres étaient encore fermées.

— Je n'en sais rien !

— Ni moi.

Et tous en chœur, de répondre :

— Ni moi.

— Ni moi !

— Ça c'est pas naturel. Et une chose qu'est pas naturelle, c'est qu'elle n'est pas naturelle.

— Voilà tout, pas malin, mon pauvre Duval !

— Alors, tu crois que c'est naturel ? reprenait Duval d'un air piqué. Écoute bien : Qu'il y en avait deusse, qu'on en a pris qu'un, que l'autre s'est ensauvé, par où ? Le sais-tu, toi, Dupuy ? Subséquemment, est-ce naturel ? Je te le demande ?

— Tout de même... Aussi le lieutenant, avec ses hommes, peut courir après, va ! Du diable s'il le retrouve ! Il reviendra bredouille !...

— Ça se pourrait bien !

En ce moment, le lieutenant envoyait prévenir le commandant de l'insuccès de ses recherches, mais qu'il allait les continuer.

— Tu vois bien ! disait Duval.

Michaud sortait de l'ambulance, l'air sombre et la cicatrice cramoisie.

— Dites donc, mon lieutenant, disait le sergent Poirrier, qu'est-ce qu'il fait, maintenant ?

— Il ne fait rien, il dort...

— Et qu'est-ce qu'il dit, sans vous commander ?

— Vas-y voir, espèce de clampin. Je n'ai pas vu la couleur de ses paroles, attendu qu'il ne dit rien du tout.

— C'est égal, je ne voudrais pas être dans sa peau.

— Ni moi.

— Pour sûr.

— C'est-il vrai, ce que l'on dit, demandait Duval, on dit que le chef de police a dit comme ça, qu'il dit, qu'il sera fusillé ce soir, qu'il dit comme ça, qu'on m'a dit.

— Ça se pourrait bien que non, répondit Michaud, dont la cicatrice blanchissait, car il est aussi innocent que l'enfant qui vient de naître ; j'en donnerais ma tête à couper.

Il y eut un silence morne. Mais lorsque l'officier fut rentré, Poirrier avait repris :

— Ça se pourrait bien que si ; il en gobe pour

le major, lui. On dit même que la fille du commandant... mais en v'là assez, trop parler la nuit, ça cuit.

— Tu veux dire trop parler cuit, trop gratter nuit, non, je me trompe aussi.

— C'est-il pas toujours la même chose ?

— Pour sûr.

— Ce n'est pas la mort qui m'épouvante, ajoutait Poirrier, puisqu'à la prochaine bataille je puis passer l'arme à gauche, mais du moins, si je tourne de l'œil, ce ne sera pas une balle française qui cassera ma pipe et me fera manger les pissenlits par la racine. C'est une différence, ça.

— Pour sûr, ajoutait Pichon, mourir sur un champ de bataille, c'est mourir au champ d'honneur ; mourir par nos balles, c'est mourir deux fois. A la mort s'ajoute l'infamie.

— Ce ne sera toujours pas moi qui voudrai le mettre en joue. J'aimerais mieux être coupé en morceaux.

Et c'était Morand qui parlait.

— Si l'on voulait me forcer à tirer dessus, j'aimerais mieux me faire sauter le caisson, dit le nouveau caporal Jollivet.

— Moi aussi, avaient répondu tous les soldats.

— Car, voyez-vous, les anciens, quoique caporal, je ne suis qu'un conscrit, puisque je n'ai pas encore vu le feu, mais je ne suis pas un clampin. Si j'ai pu hier écrire à ma promise que j'avais les galons de Poirrier sur ma manche, c'est lui qui m'a appris ça, et c'est grâce à lui que j'ai mon premier grade. Et s'il fallait pour le sauver donner ma vie, eh bien ! la voilà. Et il se frappait la poitrine de sa large main.

Il faisait à peine jour lorsque l'officier de police vint à l'ambulance achever son enquête.

Il avait déjà fait son rapport au colonel.

— Sale affaire, avait dit celui-ci. Il faut la mener rondement, car j'attends d'un moment à l'autre l'ordre de marcher à l'ennemi. Ce n'est plus qu'une question d'heures. Du reste, il y a flagrant délit, et je ne tiens pas à laisser derrière nous une population surexcitée, et qui pourrait, en cas de défaite, nous donner du fil à retordre.

La nuit, en effet, n'avait calmé que pour un temps la fureur des habitants de Bremgarten.

Des groupes nombreux circulaient autour du cadavre de Kieffer, qui, soit par incurie, soit plutôt par préméditation, était resté exposé aux regards des curieux.

Là, sur la place, et en face du *Sanglier d'argent*, ils gardaient un silence effrayant.

Mais autour de la prison, où l'on supposait enfermé l'assassin, on vociférait des clameurs étourdissantes.

— A mort ! A mort le Français !... A mort le cannibale !

Jacques avait repris ses sens ; puis, succombant à la fatigue, avait dormi d'un sommeil de plomb.

On avait été obligé de le réveiller, et le chirurgien l'avait trouvé assez fort pour qu'il pût être interrogé.

L'interrogatoire fini et qui n'avait rien appris à l'officier enquêteur, celui-ci lui demanda :

— Avez-vous des témoins à décharge ?

— Aucun.

— Le Conseil vous donnera un défenseur, je vais vous l'envoyer.

Jacques avait regardé le père de Simone comme pour lui demander ce service.

— Je m'en chargerai, répondit celui-ci.

— Accusé Désallards, acceptez-vous d'être défendu par le commandant ?

— Avec une joie reconnaissante.

— C'est bien. Tenez-vous prêt, je vous ferai avertir lorsque le Conseil devra se réunir.

Le major sortit avec le chef de police.

— Désallards, disait le chirurgien, m'apparaît plutôt comme une victime que comme un meurtrier. Depuis trois semaines que je vis avec lui, j'ai appris à le connaître et à l'aimer. De fait, sa physionomie, vous avez pu le constater comme moi, a un air de candeur et d'innocence qui m'a vivement frappé.

L'officier gardait le silence.

— Quand je suis entré ce matin près de lui, il jetait, je ne sais où, un sourire amer et mélancolique qui n'était pas celui d'un assassin. On eût dit que la France respirait dans ses cheveux blonds et dans ses yeux bleus.

L'officier ne répondait pas... Le major continua :

— Vous n'avez pas retrouvé Chavernay ?

— Non.

— Eh bien ! cherchez de ce côté-là. Hier, il a joué et perdu une forte somme.

— Je le sais.

— On dit même qu'il y a une femme mêlée à tout cela. La grosse fille à Müller était courtisée à la fois et par Chavernay et par la victime.

— Eh bien ?

— Eh bien ! cela ne peut donc pas vous convaincre ?

— Peut-être. Mais les deux sous-aides étaient inséparables, n'est-ce pas ?

— Oui.

— Alors, qui vous dit que celui-ci n'a pas épousé la querelle de celui-là ? Ajoutez que la fortune a disparu.

— Il y a là un mystère que l'on ne découvrira peut-être jamais.

— Il n'est pourtant pas difficile à pénétrer. L'un échappe en emportant la fortune ; l'autre, qui s'est laissé maladroitement pincer, va jouer à l'innocent, et vous voyez qu'il joue parfaitement la comédie. Au revoir, major, à tout à l'heure.

Après le départ de l'officier enquêteur, Jacques, dans un filial abandon, racontait à son défenseur tous les événements de la veille.

Il lui redisait, et dans tous leurs détails, les hypocrites et séduisantes offres de Kieffer, les amères récriminations de son « ami d'enfance ».

Mais la pudeur de son amour lui fit taire tout ce qui pouvait toucher de près ou de loin à sa fiancée. Il ne voulait point que le nom de Simone fût prononcé ; et il gardait enseveli au fond de son cœur le rôle que son imagination enfiévrée avait fait jouer à la jeune fille.

— J'ai armé cette main d'une lame homicide, j'ai levé le bras ! Dans l'angoisse de cette lutte, dans l'égarement de ma raison, ne l'ai-je point abaissé ? N'ai-je pas frappé sans le vouloir ?

Oh ! l'horrible pensée ! c'est elle qui m'a terrassé lorsque j'ai vu accompli le crime que j'avais rêvé. Et c'est, devant le fait, cette incertitude qui m'abat et qui me tue !

— Mais, mon cher « enfant », et il appuyait sur ce mot, vous n'êtes pas coupable ! Ce n'est pas vous qui avez commis le meurtre. Hier, après la lutte et la victoire, vous aviez des idées plus justes et plus vraies. Le feu est l'épreuve de l'or... la tentation est l'épreuve de l'homme. Le lâche succombe ; le chrétien, avec la grâce, résiste et triomphe.

— Merci, oh ! merci ! Et pourtant, je me fais justice à moi-même. Devant Dieu, il me semble que je ne suis plus innocent. Je n'ai plus le cœur pur.

Il disait tout cela d'un ton bas, avec des chuchotements mystérieux. Il se mettait en face de Dieu.

Le commandant, dans le ravissement, écoutait toujours. C'était la première fois, et certainement la dernière, qu'il lui était donné de pouvoir lire dans le cœur chrétien d'un jeune homme de vingt ans.

— J'admire, lui disait-il avec émotion, la délicatesse de votre conscience. Mais si la parole d'un soldat et d'un père peut faire taire vos doutes et vos scrupules, apprenez que je vous aime encore davantage, que je serai fier de vous confier ma Simone et de vous appeler mon fils.

— Suis-je encore digne de ma fiancée ?

Chauvigné avait approché de lui le front de Jacques, et le faisait reposer sur sa poitrine.

— Dormez en paix sur mon cœur, si vous n'êtes plus en paix avec le vôtre. Hier soir, vous étiez si fier d'avoir vaincu ! Vous chantiez votre triomphe avec tant d'allégresse ! Croyez-vous que le soupçon des hommes ait pu le déshonorer ? A la couronne du vainqueur, Dieu veut ajouter la palme du martyr.

Jacques écoutait, tout réconforté :

— Maintenant, je suis fort, je ne suis plus seul pour supporter le suprême fardeau de cette journée. J'ai un père pour me soutenir et me défendre.

Et il ajoutait :

— Mais, dites-moi, si je suis perdu, rendez-moi un dernier service.

— Je vous le promets.

— Si ma mère survit à la nouvelle de ma condamnation et de ma mort, allez près d'elle avec Simone. Dites-lui : Voici l'élue de son cœur, celle qu'il avait choisie devant Dieu pour être votre fille. Elle l'aimera, et avec toute son âme.

Puis vous ajouterez :

— Il était innocent.

Et elle vous croira...

Je voudrais aussi vous revoir, revoir Simone et tante Victoire avant l'exécution afin que tous vous puissiez lui porter mon dernier soupir et mon dernier regard. Vous lui direz que vous êtes le dernier homme que j'ai embrassé, que vous avez été mon confident suprême.

Enfin, vous ajouterez que je meurs en chrétien et que je l'attends là-haut.

Le père de Simone ne cherchait plus à retenir ses larmes. Sur sa poitrine de soldat, de père et de chrétien, il serrait le jeune homme à l'étouffer.

— Vous ne serez pas condamné, vous ne mourrez pas. Je ne le veux pas. Courage ! Dieu m'aidera ; il donnera à ma parole la puissance de convaincre. On vient nous chercher, partons !

## XI

### LE CONSEIL DE GUERRE

Une compagnie venait d'entrer.

Jacques, désarmé, donnait le bras au commandant et, avec lui, s'était placé au milieu des grenadiers.

Alors on donna le signal du départ.

La 106ᵉ demi-brigade était tout entière sous les armes, échelonnée sur le chemin que l'accusé devait parcourir.

Le trajet fut court, mais combien douloureux pour Jacques. Les vociférations éclataient, plus furieuses et plus outrageantes à mesure que le sous-aide avançait. Les poings se tendaient vers lui, la haine éclatait dans les yeux.

Les Français eux-mêmes semblaient partager l'émotion générale.

Au milieu des soldats, Kieffer était assez populaire ; il leur payait souvent à boire, et on sait pourquoi il aimait à les faire causer.

Enfin, Jacques avait pénétré dans la maison communale où le Conseil de guerre devait se réunir. Il avait trouvé des sentinelles postées à toutes les portes. On l'avait fait entrer dans une chambre étroite, basse et sombre. Elle ne recevait de lumière que par une petite fenêtre armée de deux gros barreaux de fer. Le commandant s'était assis à côté de lui, et tous deux étaient plongés dans une profonde méditation. Ils avaient attendu longtemps l'arrivée des membres du Conseil, et, cependant, ces tristes instants s'étaient pour eux écoulés avec rapidité. Et lorsqu'on vint appeler « Jacques Désallards », tous les deux avaient tressailli, s'étaient levés et avaient dit :

— Déjà !

On les fit entrer dans la salle par une porte latérale.

Au fond, sur une estrade, le colonel présidait, ayant à sa droite un commandant et un lieutenant, à sa gauche un capitaine et un sous-lieutenant. L'officier de police était assis avec un greffier à une petite table à droite et en avant.

La foule, les yeux mauvais, entassée au fond de la salle, se haussait curieuse, pour voir le sous-aide qui entrait.

Mais lorsque Jacques parut, la figure pâlie, affinée par la douleur qui donnait à sa beauté et à sa jeunesse un éclat plus noble et plus vigoureux, le regard loyal et énergique, il fit une impression profonde : il y eut un murmure d'admiration, et, dans le peuple, un mouvement d'opinion en sa faveur.

Il n'y avait que deux témoins : l'hôtelier Herman et le chirurgien-major.

A l'appel de leurs noms, ils avaient répondu : « Me voici », et étaient ressortis aussitôt.

Le colonel prit la parole :

— Le Conseil de guerre est réuni aujourd'hui à l'effet de connaître d'un meurtre commis, avec préméditation, par deux jeunes sous-aides, arrivés dans nos rangs il y a à peine deux décadis.

Ils ont été pris en flagrant délit ; l'un a pu échapper, je ne sais comment, emportant avec lui la valise de la victime contenant de fortes valeurs.

L'autre est devant vous.

— Vos nom, prénom, âge et qualité ? dit-il en se tournant vers l'accusé.

— Jacques Désallards, vingt ans, sous-aide major à la 106e demi-brigade de bataille.

— Désallards, vous êtes accusé d'avoir assassiné, la nuit dernière, le nommé Kieffer, fournisseur breveté de nos armées, et Suisse d'origine. Vous vouliez vous emparer de sa fortune. Vous avez pour complice Gaston Chavernay.

— Gaston, mon colonel, Gaston est incapable....

— Mais personne ne l'a revu depuis le crime. Où est-il ?

— Je ne sais pas, mon colonel. A son réveil, il aura sans doute été, comme moi, épouvanté. Il aura perdu la tête, et il se sera sauvé.

— A son réveil ? Mais il ne dormait pas, puisqu'il ne s'est pas couché. Ni vous non plus.

— Moi, non, mon colonel ! J'étais sorti, laissant malheureusement la fenêtre ouverte, derrière moi, et en mon absence.....

— Permettez. On vous a vu quitter précipitamment l'auberge, vous diriger en dehors de la ville, et revenir plus d'une demi-heure après. Par où êtes-vous sorti ?

— Par la fenêtre.

— Vous l'aviez donc ouverte ?

— Oui, mon colonel ! je viens de vous le dire.

— Vous y avez mis bien de la précaution, car l'aubergiste n'a rien entendu.

— Oui, mon colonel ! Je ne voulais pas éveiller mes deux compagnons.

— Et la valise, qu'en avez-vous fait ?

— Mon colonel, je vous jure....

— Mais elle a disparu.

— Mon colonel !.....

— Elle a disparu, vous dis-je. Or, à l'arrivée de la garde, le cadavre de la victime était encore chaud. Le coup venait d'être fait. Toutes les fenêtres étaient barricadées. Le meurtrier n'avait donc pu s'évader. Nous devions donc trouver le coupable sur le lieu de l'assassinat. Il n'y a que vous, votre ami ou l'aubergiste qui ayez pu commettre le crime.

— Ah ! je suis plus sûr de mon ami que de moi-même.

— Mais encore une fois, où est-il ?

— S'il me savait accusé, il serait ici.

— La garde, en rentrant, vous a trouvé seul sur le lieu du meurtre.

— Je venais de rentrer. J'allais me reposer, quand, en pénétrant dans la chambre, j'ai aperçu du sang. Je me suis senti défaillir, j'ai poussé un cri et j'ai perdu connaissance.

— N'est-ce pas plutôt la victime qui a poussé ce cri, lorsqu'elle s'est sentie frappée ?

— Mon colonel !.....

— C'est alors que vous avez entendu l'aubergiste accourir à son appel.

— Mais je n'ai rien entendu !

— C'est alors que vous vous êtes cru perdu, pris sur le fait, en flagrant délit ?

— Mon colonel, je vous jure que je suis innocent !

— Pour donner le change, vous avez simulé, peut-être même l'avez-vous éprouvée, peu importe, vous avez, dis-je, simulé une défaillance, et vous êtes tombé.

— Que s'est-il passé ? Je n'en sais rien ! Mais je suis innocent !

— Retirez-vous, je vous appellerai tout à l'heure.

Puis, s'adressant à l'huissier :

— Introduisez l'hôtelier.

Il y eut un instant d'arrêt. Le peuple avait suivi cet interrogatoire, et le commentait.

Jacques, assis près du commandant, restait anéanti.

Enfin Herman entra.

— Herman, vous êtes le propriétaire du Sanglier d'argent ?

— Oui, mon colonel.

— Que savez-vous ?

— Mon colonel, le crime a dû être prémédité et depuis longtemps.

Le 4 septembre, vers 6 heures, 6 h. 1/2 du soir, Jacques Désallards, ici présent, et Gaston Chavernay, qui s'est enfui, sont venus me demander l'hospitalité.

Le Sanglier d'argent était plein ; alors, pour ne pas les envoyer coucher à la belle étoile — et j'aurais bien mieux fait, — je leur ai donné ma propre chambre. Et nous avons bien voulu, ma bourgeoise et moi, aller loger dans un petit cabinet à côté.

Or, dimanche dernier, M. Kieffer est venu me réclamer un abri. C'était un habitué, car mon hôtel est connu, et de bien loin, allez.

Il allait partir — et il aurait bien fait, — et aujourd'hui je ne pleurerais pas un bon client, car, pour un bon client, c'en était un, on ne peut pas dire le contraire.

— Abrégez, arrivez au fait.

— Il allait partir, lorsque celui-ci — et il montrait Jacques — l'a invité à partager leur repas, et l'autre à partager leur chambre. Je comprends maintenant le motif de leurs civilités. Ils voulaient l'avoir près d'eux pour faire plus facilement leur coup. Hier, après l'histoire de Honnegrelaidre, ils sont rentrés très tard. J'ai été obligé de veiller pour attendre Chavernay, celui qui est parti. Puis ils ont causé longtemps et à voix basse, même qu'ils m'empêchaient de dormir. Ils ont parlé richesses, argent.

Or, sur le minuit, alors que j'étais dans mon premier sommeil, j'entends pousser un cri horrible ! j'accours ! je rencontre par terre celui-ci — et il montrait l'accusé — qui me dit : « Du sang ! du sang là ! là ! un crime ! » Il ouvrait des grands yeux tout blancs. Je comprends tout, j'appelle la garde.

Nous savons le reste.

— Alors !...

— Mais qu'est devenue la valise du fournisseur ?

— Les soldats ont fouillé dans ma maison, du grenier à la cave. Ils n'ont rien trouvé, c'est l'autre qui l'aura emportée, pour sûr !

— Savez-vous ce qu'est devenu le sous-aide Chavernay ?

— Mon colonel, il ne doit pas être bien loin, il doit se cacher dans les environs.

— Où cela ?

— Je ne sais pas, je dis cela parce que leurs deux chevaux sont encore à l'écurie.

— C'est bien, allez vous asseoir.

Après quelques instants, le colonel continua :

— Hulsaler, introduisez le chirurgien major.

Le médecin expert entra.

— Major, donnez-nous lecture de votre expertise.

— Mon colonel, le crime, après examen de la blessure, a été commis au moyen de cet instrument.

Et il montrait sur la table, à côté d'une trousse et d'un portefeuille, la lame homicide, apportée là comme pièce à conviction.

— C'est une main habituée au scalpel qui a dû trancher, et d'un seul coup, d'artère carotide de la victime. Le scalpel, le voici.

— Alors, à votre avis, ce ne serait donc pas un homme venu du dehors pendant l'absence de l'accusé qui aurait accompli le meurtre, ainsi que l'insinue le sous-aide Désallards ?

— Mon colonel, je ne sais pas si le meurtrier est venu du dehors ou s'il n'était pas déjà renfermé dans la chambre ; tout ce que je puis affirmer, c'est que le meurtrier sait habilement manier un instrument de chirurgie.

Le commandant Chauvigne s'était levé :

— Mon colonel, voulez-vous me permettre une question en faveur de l'accusé ?

— Parlez !

— Major, pouvez-vous me dire si la victime a eu le temps de pousser un cri ?

— Je ne crois pas. La mort a été instantanée. La victime a été frappée pendant son sommeil. Ce qui me le fait affirmer, c'est la sûreté du coup !

— Peut-on, atteint de la sorte, jeter un cri d'alarme avec une violence capable de réveiller tout le monde ?

— Ce n'est pas mon avis.

— Mon colonel, et vous, Messieurs, voulez-vous bien prendre en considération cette réponse du chirurgien major. Je vous en reparlerai tout à l'heure.

— Parfaitement.

Sa déposition terminée, le médecin allait retourner à son banc, lorsque le colonel le rappela.

— Major, vous connaissez l'accusé, il est dans votre service ; pouvez-vous nous donner des renseignements sur son caractère et sur sa manière de vivre ?

— Oui, mon colonel. Son caractère est doux, sa nature impressionnable ; il est travailleur et tout entier à son service et à son devoir. Sa manière de vivre est très simple. Il ne joue jamais et personne ne l'a vu boire. Il s'est fait aimer de tout le monde, le soldat l'adore. Il n'en est malheureusement pas de même de son ami.

— Bien, je vous remercie.

Se tournant brusquement vers Jacques, il lui demanda :

— Accusé, reconnaissez-vous cet instrument, cette trousse et ce portefeuille ? Ils ont été trouvés sur le lieu du crime !

Et il lui montrait les unes après les autres les pièces à conviction déposées sur la table.

— Oui, mon colonel, le scalpel, la trousse et le portefeuille sont à moi.

— Avez-vous quelque chose à ajouter à votre défense ?

— Mon colonel, je ne sais qu'une chose, c'est qu'en rentrant j'ai vu du sang, j'ai constaté le crime, et c'est la vue de la victime, que j'avais déjà sauvée des mains de l'espion qu'on appelait « Hounegrelalldre », qui a produit sur moi une épouvante telle que je suis tombé !

— Le Conseil jugera. La parole est à la défense.

Le père de Simone se leva, tout ému du rôle qu'il accomplissait pour la première fois. La vie de Jacques, du fiancé de sa fille, allait dépendre de sa parole. Intérieurement, il avait demandé déjà le secours de Dieu.

Il débuta d'une voix grave et profonde :

— Mon colonel, il y a eu un meurtre ; vous avez une victime, il vous faut un coupable. Or, la justice réclame le vrai coupable. Elle ne saurait donc frapper Jacques Désallards, sous-aide, ici présent, accusé d'un crime dont il est parfaitement innocent. Il a le cœur trop haut placé pour comprendre ce qui s'est passé pendant sa promenade nocturne et surtout pour accuser un ami. Accablé qu'il est par la rapidité des événements imprévus qui se succèdent autour de lui, il n'est pas suffisamment calme ni suffisamment armé pour se défendre. Du reste, vous ne lui en avez pas même laissé le temps. Le meurtre a eu lieu dans la nuit, et vous n'attendez pas que la journée soit achevée pour faire comparaître l'accusé à la barre de votre tribunal.

Je comprends votre précipitation : l'ennemi est devant nous, il nous menace. Ce soir, dans une heure, nous pouvons être appelés au combat, et, en ce moment, nos avant-postes sont peut-être aux prises avec les armées austro-russes.

Mais, pour expéditive que soit la justice militaire, elle ne doit pas moins s'entourer de précautions afin que son jugement soit éclairé, et que celui dont la vie est en jeu ait le temps nécessaire de réunir les preuves de sa non-culpabilité. Or, l'accusé reste seul, abandonné, à vingt ans, à ses propres inspirations. Que peut-il faire, et que peut-il vous dire dans l'état où il se trouve ?

A peine connu de ses chefs, il est un étranger pour les membres du jury chargés de le juger. Il n'a pas même un avocat pour le défendre, il est pris au dépourvu.

Mon colonel, je crois connaître assez l'accusé pour avoir le droit de proclamer son innocence. J'ai fait, moi aussi, mon enquête, à côté de celle du chef de la police. Je puis reconstituer le crime dans ses moindres détails.

Il y a vingt jours, deux jeunes Français, d'une remarquable valeur intellectuelle et morale, venaient se joindre à nous pour combattre dans nos rangs et, avec un brevet de sous-aide, soigner nos pauvres blessés après la bataille. Ils étaient animés des plus beaux sentiments et pleins d'une vaillance toute chevaleresque. Vous vous souvenez, mon colonel, de les avoir cités à l'ordre du jour pour avoir délivré deux femmes, deux Françaises, des mains d'une nombreuse bande de pillards. Je les ai entendus, ce jour-là, parler de l'honneur, du drapeau et de la patrie et dans quels termes touchants ! Mais l'un des deux, celui qui est absent, a joué,

Parmi les officiers présents, il y eut un mouvement d'émotion.

Le commandant s'en aperçut et reprit en appuyant :

— Celui qui est absent a joué ; malheureusement, il a perdu.

Sa bourse épuisée n'avait plus de quoi payer sa dette d'honneur, alors il a cherché un moyen pour s'acquitter.

Jacques avait fait un signe de protestation ; d'un geste, son défenseur l'avait arrêté.

— Le vrai criminel n'est donc pas Chavernay !

J'accuse du meurtre de Kieffer comme les premiers et vrais coupables, parce que ce sont eux qui ont armé la main du sous-aide, ces joueurs effrénés qui profitent de l'inexpérience et de l'affolement d'un enfant pour le dépouiller et le jeter dans l'abîme ! Car il était affolé, et ils le savaient bien. Et moi aussi, je le sais, et j'en connais la cause.

Voilà pourquoi j'accuse une femme, que je vois, au premier rang dans cette foule. Elle a joué dans toute cette affaire un rôle d'ignominie et de lâcheté. Elle s'est moquée d'un cœur de vingt ans. Elle a amusé Chavernay, elle a surexcité sa jalousie.

C'est elle qui a précipité sur Kieffer ce jeune homme malheureux. Elle nous a ensuite jetés dans le trouble en prenant plaisir d'ameuter la ville contre des hommes qui la nourrissaient en fréquentant chez son père. Elle a voulu faire naître contre ses bienfaiteurs la haine dans l'âme si paisible et si hospitalière des habitants de Bremgarten. Après avoir armé deux hommes l'un contre l'autre, elle a fait hâter l'enquête et l'ouverture de ce Conseil. C'est elle que j'accuse et que je livre au mépris public !

Dans la foule qui tout à l'heure poussait des cris de mort régnait maintenant un morne silence ; une terreur écrasait l'assemblée ; puis, soudain, il y eut un mouvement, un piétinement confus, un bruissement de voix qui dégénéra bientôt en un vrai désordre.

Les soldats étaient accourus. Ils agitaient leurs fusils, et l'acier des baïonnettes jetait çà et là ses austères reflets.

Laure Müller, qui était venue assister à la condamnation d'un Français, avait chancelé comme si elle eût reçu un coup de masse sur la tête et était tombée à la renverse.

On l'avait relevée et emportée.

Lorsque le calme fut rétabli, le commandant continua :

— Chavernay a donc médité le crime. Pour se venger, il l'a mis à exécution. Pour payer sa dette, il a pris la fortune. Ce n'est qu'alors qu'il s'est enfui, épouvanté par le meurtre accompli.

Voici comment tout cela s'est passé.

L'aubergiste venait de fermer sa maison. Kieffer dormait et Chavernay semblait en faire autant.

L'accusé Désallards, que l'on devait ensuite une fois citer à l'ordre du jour, pour avoir arraché des mains de Jeahn la victime elle-même, sortait de chez moi où il avait dîné en famille. Il avait le cœur en fête.

Le bonheur seul l'aurait déjà empêché de dormir, mais il devait encore subir d'autres assauts : ceux de Kieffer. Ce dernier voulait, comme récompense, partager sa fortune avec lui. Le Français et le soldat ne vend pas ses services, et il a refusé. Et vous voudriez qu'il ait assassiné pour la voler une personne qui ne demandait qu'à partager avec lui ? Poser la question, c'est la résoudre.

Oh ! Il a été bien inspiré de n'accepter aucune récompense. La somme trouvée sur lui vous servirait maintenant pour établir sa culpabilité et pour entraîner une condamnation.

Le bonheur l'avait donc déjà enfiévré. Le combat livré à la générosité de la victime l'a surexcité encore davantage. Et, comme le sommeil n'arrivait pas, il a été le chercher, en respirant l'air pur de la nuit. Pour n'éveiller personne, il a ouvert la fenêtre sans bruit et il est parti. C'est à ce moment qu'on a dû l'apercevoir.

Pendant son absence, son camarade a tué la victime, a pris la valise et s'est enfui, en laissant toute la responsabilité du meurtre peser sur son compagnon.

En rentrant, Désallards, ne se doutant de rien, a refermé la fenêtre, puis il a découvert le crime. Interdit, tremblant, épouvanté, il a poussé le cri qui a réveillé, non seulement Herman, mais tous ceux qui reposaient dans la maison. Ce n'est pas la victime qui aurait pu le faire ; c'est l'avis du major lui-même. Et qui donc l'aurait jeté comme un cri d'alarme et d'émotion, si ce n'est celui que l'on a retrouvé sur le lieu du crime, sans connaissance, évanoui ?

Je demande donc que Jacques Désallards soit déclaré innocent et remis en liberté. Je réclame une sanction, très mitigée par les circonstances atténuantes, contre l'accusé Gaston Chavernay.

Jacques s'était levé, et, avec une émotion poignante qui se lisait sur sa figure et dans le ton de sa voix :

— Commandant ! Oh ! mon commandant ! n'accusez pas Gaston ! Il n'est pas là pour se défendre ! Je le connais bien, mon colonel ! Et je ne saurais, même pour me sauver la vie, laisser mettre en suspicion un ami dont la fraternité a commencé à l'âge de cinq ans, s'est continuée au collège, aux écoles.

— Ne vous ai-je pas dit, Messieurs, dit impétueusement le commandant Chausigné, que Désallards a l'âme trop haute pour comprendre ce qui s'est passé ? C'est un cri qui vient de s'échapper de son cœur, comme celui de la nuit dernière, et qui doit vous convaincre de sa non-culpabilité... vous surtout, mon colonel, si habile à lire dans les consciences !

— Mon colonel, continuait Jacques douloureusement, ne jugez pas un ami absent. Il n'a pas commis le crime. Tout m'accable, et pourtant, moi aussi, je suis innocent !

Le président du Conseil, voyant l'accusé retomber, anéanti, sur son banc, prit la parole à son tour pour résumer les débats.

— Commandant, nous tiendrons compte de toutes vos déclarations ; elles vous ont été inspirées par une « tendresse paternelle » exagérée, et surtout mal placée.

Il avait souligné ces deux mots : tendresse paternelle.

— Tout ingénieuses qu'elles sont, elles peu-

veut être pour Désallards d'un secours puis-
sant. Mais, à mon avis, elles confirment, au
moins sa complicité. Car vous nous apportez
en sa faveur une fiction et pas de preuves,
tandis que, au contraire, les preuves abon-
dent pour établir sa culpabilité.

Alors, s'adressant aux membres du Conseil,
il continua :

— Je ne vous redirai pas toutes les circonstances du crime, vous les connaissez et vous
les pèserez.

Je ne veux que rappeler trois points à votre
attention :

1° L'hôtelier a entendu les deux accusés
causer longuement et à voix basse. Cet entre-
tien, dans lequel revenaient souvent les mots
argent et richesses, n'est-il pas une preuve
convaincante de préméditation ?

2° Le major nous a dit que le crime a été
commis de sang-froid... donc, les criminels
avaient eu le temps de laisser passer toute
espèce d'émotion. Il a été accompli par une
main expérimentée... donc, c'est un des deux
accusés qui a fait le coup... l'autre est complice.

3° Le scalpel trouvé dans la plaie appar-
tient à Désallards ici présent.

Le défenseur, pour sauver celui-ci, accable
celui-là, comme s'ils pouvaient être séparés.

Pour moi, Désallards et Chavernay ont per-
pétré le crime ensemble.

Quant au cri entendu, il a dû être poussé par
la victime. Le major n'a pas osé être affir-
matif.

Chavernay a pu se sauver, Désallards, plus
maladroit, s'est laissé prendre.

Puis, se tournant vers Chauvigné :

— Avez-vous quelque chose à ajouter, commandant ?

— Mon colonel, mon récit n'est pas une
fiction, c'est la réalité. Vous dites que c'est
une tendresse paternelle exagérée qui m'a inspiré. Oui, et je le proclame, j'aime Jacques Désallards comme un fils, et je ne le dirais pas
si haut si je pouvais seulement le soupçonner ! Vous dites que je n'apporte pas de
preuves ! Mais ce cri, poussé par l'accusé, et
non par la victime, ainsi que le major l'a
déclaré et qu'il le déclare encore, n'est-il pas
une preuve suffisante de son innocence ? Un
assassin, après son crime, n'a pas l'habitude d'éveiller les personnes endormies, afin
de se faire arrêter. Quant aux mots : richesse,
argent, entendus par l'hôtelier, ils ont été pro-
noncés — nous sommes loin de le nier, —
puisque l'accusé a raconté à Chavernay les
offres généreuses de la victime, refusées par lui
avec tant de grandeur d'âme. Je demande donc
aux membres du Conseil de bien réfléchir, au
moment de leur vote, à ce simple fait qui est
toute une révélation. Et alors, convaincus
comme moi de l'innocence de l'accusé présent
devant vous, vous apporterez un verdict d'ac-
quittement. J'ai dit.

Le commandant était haletant, tout son être
vibrait.

Mais il avait peur. Il était artisan de l'épée et
non de la parole, et il craignait que sa chétive
éloquence n'ait pas su amener dans l'esprit des
juges une conviction qui... profonde.

— Les débats sont clos, dit le colonel.

Les membres du Conseil s'étaient levés et
avaient passé dans la salle des délibérations.

— Merci, mon père, disait Jacques au capitaine... Vous n'avez pas rougi de votre fils. Je
puis mourir; l'infamie ne saurait atteindre mon
nom ni le flétrir ! Mais vous avez été bien cruel
pour Gaston !

— Pourquoi n'est-il pas là ?

— Oh ! taisez-vous, taisez-vous, je mourrais
deux fois si je pouvais soupçonner Gaston !
Aurait-il eu le courage de me livrer à la justice
des hommes à sa place ? Non ! non, ce serait
trop monstrueux !

Sans ma mère et mes sœurs, sans ma Simone
surtout qui me rattachent à la vie, je voudrais
déjà être mort.

— Du courage, Jacques, du courage, vous
serez acquitté.

— Ne me bercez pas d'un chimérique espoir,
je suis condamné. Pensez à ma mère ! Merci,
mon père, merci de cette bonne parole.

Dans la salle, le peuple parlait à voix basse.
Tout le monde était convaincu de l'innocence
de Jacques.

— Il sera acquitté, le pauvre.

— Il a déjà assez souffert comme cela.

— Et sa fiancée, on la dit belle.

— Oh ! comme elle doit souffrir !

Soudain, il se fit un silence profond. On venait
d'annoncer :

— Le Conseil !

C'était le verdict : la vie ou la mort de Jacques Désallards, le fiancé de Simone Chavigné.

Le colonel entra le premier, suivi des autres
juges. Tous avaient la tête nue. Les soldats de
service présentent les armes, leurs chefs por-
tent l'épée haute. Les officiers et les grenadiers
se lèvent à la fois. Tous se découvrent.

L'accusé est debout, la main droite sur
l'épaule de son défenseur; ils sont pâles tous
les deux, comme si la mort les avait déjà saisis.
Le président du jury, d'une voix lente et tris-
tement solennelle qui, au milieu de la foule,
restait froide et sans écho, s'était mis à lire la
sentence :

« Au nom de la République française, une et
indivisible, le 2 vendémiaire an VII, le Conseil
de guerre, assemblé à Bremgarten à l'effet de
juger Jacques Désallards et Gaston Chavernay,
sous-aides majors à la 106e brigade de bataille,
accusés et complices de meurtre et de vol, les
déclare coupables tous les deux de ces faits, les
condamne à la dégradation militaire et à la
peine de mort. »

— La mort ne suffisait donc pas, murmura
Jacques.

Un silence lugubre régnait sur l'assemblée.
Le commandant, écrasé, était retombé inerte
sur sa chaise, moins fort que son malheureux
client.

Le colonel continuait :

« Attendu que l'armée est en présence de
l'ennemi, le jugement recevra son exécution ce
soir, et, devant la brigade tout entière réunie,
Jacques Désallards sera fusillé.

» Attendu que Gaston Chavernay s'est dérobé
à notre justice, il est déclaré contumace. En

conséquence. Désallards, vous avez deux heures pour vous préparer à la mort. Le Conseil vous accorde la permission de vous entretenir avec toutes les personnes que vous désirerez. »

Le Conseil avait quitté la salle, les officiers abaissé leurs épées et les soldats reposé leurs armes.

Le peuple sortait ; pas un cri, pas un mot ne se fit entendre. Le condamné avait été emmené et reconduit dans la cellule qui lui avait déjà servi de prison.

Il s'était jeté au cou du commandant qui ne le quittait plus.

— Perdu, ô mon père, perdu ! Ici et pour tout le monde je suis donc un assassin ! Cette injustice me rend tout entier à mon innocence. Jusqu'à présent, j'étais toujours en guerre avec mes remords. Je doutais si, dans mon délire, ma main n'avait pas frappé. Tout était contre moi, même moi et ma conscience. Ma vie aurait toujours été troublée. Je vais mourir ! du moins ma mort sera sans reproche !

Le père de Simone frissonnait jusque dans les moelles sous la responsabilité qu'il avait assumée. Il se disait avec un reproche amer :

— Si j'avais laissé la défense à un plus habile que moi !

— Il n'aurait pas fait autant que vous. C'est Dieu qui me frappe dans sa justice. J'irai courageusement à la mort. Et pourtant, je ne sais pas faire d'héroïsme à contre-temps. Je regrette mes vingt ans, je regrette ma Simone ! Hier, c'étaient la joie et l'amour et la vie. Aujourd'hui, c'est la douleur, l'abandon et l'opprobre. Le bonheur, je l'avais entrevu. J'avais déjà porté mes lèvres à sa coupe enivrante. Et la voilà brisée ! J'avais de l'avenir, le voilà détruit. J'avais ma Simone, vous me l'aviez donnée, et je la perds ! C'était fête, hier. Aujourd'hui, un lieutenant qui crie : « Portez armes ! en joue. Feu ! » Un roulement de tambour, et l'infamie ! O ma mère ! O ma mère ! que vas-tu devenir ?

Chauvigné s'était levé soudain, et, chancelant comme un homme pris de vin, il était parti — sans espoir. — Il allait rejoindre le Conseil avant que les membres ne se fussent dispersés. Il demanderait jusqu'au lendemain un sursis, irait jusqu'à Masséna, lui expliquerait. Le général en chef comprendrait.

Jacques était resté, abandonné à lui-même, dans un isolement qui l'accablait lourdement, comme s'il avait une charge qui lui pesait sur les épaules.

Son premier mouvement avait été de se jeter à genoux.

— Mon Dieu ! disait-il dans une prière ardente, mon Dieu ! je vous offre ma vie en expiation de ma pensée mauvaise. S'il y a eu faute, pardonnez-la moi. Je meurs dans la religion de ma mère, dans la religion catholique. Envoyez-moi un prêtre qui puisse m'absoudre. Protégez celle qui m'a donné le jour et mes sœurs bien-aimées, qui avec elle ont veillé sur moi avec tant de sollicitude. Daignez nous réunir, et bientôt. Faites que Simone m'oublie, qu'un plus heureux que moi...

Il n'osait pas achever sa pensée.

Puis un chaos de pénibles idées tourbillonnait dans sa tête et dans son cœur. Le sang lui avait monté au front, il avait cru mourir...

Alors, il s'était levé pour se donner du courage ; il revoyait l'image de sa fiancée ; il redisait son nom.

Mais aussi quelle vaillance nouvelle lorsque le nom de Simone revenait à ses lèvres.

Soudain, la porte s'ouvre, et la jeune fille, pâle, échevelée, apparaît sur le seuil, folle de douleur.

## XII

### ANGOISSES !

Lorsque Simone, emportée évanouie dans les bras de son père, était revenue à la vie, elle était couchée.

Sa figure de cire était plus blanche encore que les blancs rideaux de son lit.

En voyant sa tante et Wilhelmine veillant près d'elle, épiant sur son visage exsangue les premiers signes de vie, le souvenir de tout ce qui s'était passé lui revint subitement à la mémoire.

— Il est au cachot, ma tante, il est au cachot !

Et de ses yeux jaillirent des larmes bienfaisantes.

— Non, mon enfant, il est à l'ambulance, calme-toi.

— Eh bien ! allons le voir ! partons, ma tante, partons !

Elle avait voulu se soulever, mais elle était retombée sans force, accablée.

— Repose-toi, ma Simone ; aussitôt qu'il fera jour, nous irons. Du reste, ton père est auprès de lui, tu peux être assurée qu'il ne manquera de rien.

— Mais papa ne sait pas. Si j'étais près de lui, je saurais bien adoucir l'amertume de ses peines, je les partagerais.

Puis ses larmes avaient redoublé.

Dans une crise nerveuse, les dents serrées, les poings fermés, elle menaçait des ennemis invisibles.

— Ah ! oser accuser Jacques d'assassinat, dit-elle enfin et avec effort ; mais c'est un crime plus grand encore que l'autre !

— Oui, ma fille, notre Jacques est innocent, j'en suis convaincue.

Et elle essayait de faire diversion à la douleur de sa nièce.

— Que tu étais belle, tout à l'heure ! lorsque, à la face de tout le monde, tu proclamais son innocence. J'ai admiré ton énergie. Elle aurait rendu à ton fiancé, avec l'espoir, le courage et la force, s'il avait pu t'entendre.

Et pour empêcher Simone de parler et de s'exalter encore, elle avait continué à lui murmurer doucement des paroles d'espérance. Elles étaient modulées sur un ton harmonieux, lent et monotone, qui calmait les souffrances de la jeune fille.

— Le coupable, c'est Gaston Chavernay, puisqu'il a pris la fuite, mais on saura bien le retrouver. Ce soir Jacques sera libre, réhabilité, et le bonheur de mes deux enfants sortira agrandi et purifié par cette épreuve d'un instant.

Elle parla longtemps.

Simone, bercée par cette voix apaisante, dominée aussi par la fatigue, s'était endormie d'un sommeil de plomb.

Alors tante Victoire laissa la jeune fille sous la garde de Wilhelmine, prit un panier, le remplit de provisions, descendit l'escalier, et partit, suivie de Bataille.

La chambre était plongée encore dans d'épaisses ténèbres lorsque la jeune fille avait ouvert les yeux.

Autour d'elle, pas un bruit ; elle se sentait comme engloutie dans ce silence qui l'apeurait.

D'instinct, elle avait ramené les couvertures jusque sur sa tête, et, le visage caché par les draps de son lit, elle s'était mise à pleurer tout tout bas, tout bas, pour ne pas réveiller sa tante qui devait dormir.

Son cœur bat une charge terrible. Il lui prend des envies folles de se lever, de courir vers Jacques, de l'enlacer de ses bras et de le couvrir de baisers éperdus.

Puis elle s'en irait parcourir la ville, crier à tous l'innocence de son fiancé...

On la croirait, elle... et si on ne la croyait pas, elle mourrait avec lui.

Les heures de la nuit passaient... le crépuscule du matin envoyait des lueurs grises et livides et commençait à dessiner les objets et les choses.

Le jour peu à peu avait filtré à travers les rideaux de sa fenêtre.

Elle ose enfin ouvrir les yeux et regarder autour d'elle.

Étendue sur un fauteuil, Wilhelmine dormait, les mains sur ses jambes écartées, la tête en arrière et la bouche ouverte.

Alors Simone descend de son lit et se dirige pieds nus vers celui de sa tante.

Elle s'arrête devant la couche vide, et, surprise, elle murmure :

— Elle est vers Jacques ; mais pourquoi ne m'a-t-elle pas emmenée ?

Alors elle se recouche pour pleurer avec plus de facilité et d'abondance.

Elle sanglote à ce point qu'elle réveille l'hôtelière.

La bonne femme s'approche de Simone et essaye gauchement de la consoler ; elle ne réussit qu'à irriter sa douleur.

— Il faut dormir maintenant ; la journée sera longue et fatigante, surtout après une nuit pareille !

Voyant ses efforts inutiles, elle ajoute :

— Je vais descendre préparer votre déjeuner, vous en avez besoin, je vous l'apporterai moi-même.

Simone n'avait pas répondu.

Wilhelmine venait à peine de sortir que la jeune fille se lève, s'habille en toute hâte. Sa lourde chevelure retombe en désordre sur ses épaules et encadre de deuil son visage, auquel la douleur a donné des tons d'albâtre. Écroulée sur un fauteuil bas, près de la fenêtre, elle croise sur ses genoux ses mains nerveusement agitées. Ses paupières battent ses joues pâlies d'un frémissement ininterrompu d'ailes meurtrissantes. Inerte, sans courage, et dans la torture de l'attente, elle écoute sonner les heures ironiques et malveillantes, à la pendule enfermée dans une caisse longue et qui lui paraît comme le cercueil de ses espérances. Soudain, elle se redresse.

D'en bas montent des bruits de portes qui s'ouvrent et se referment, de pas qui résonnent et se multiplient, du va-et-vient de la foule qui se renouvelle. Elle regarde par la fenêtre. Bremgarten tout entier semble s'agiter en groupes mystérieux devant la porte du *Sanglier d'argent.* Puis, des patrouilles passent rapides, l'arme sur l'épaule, la baïonnette au canon. Des officiers traversent la place au galop de leurs chevaux. Les tambours et les clairons ont, ce jour-là, des résonnances lugubres. Et la désolation de Simone s'accentue. Une profonde amertume, avec le sentiment d'un abandon complet, monte en elle et lui brise le cœur. Une terreur sans nom la secoue toute dans un frisson douloureux et angoissant. Anéantie, elle retombe sur son fauteuil, sans une larme dans ses yeux taris.

— Mon Dieu ! Mon Dieu ! qui donc viendra à mon secours !

Et elle se tord les mains.

Tout à coup, elle se rappelle qu'elle n'a pas encore fait sa prière du matin.

D'un bond elle se met à genoux.

Élevée vers son Jésus qui, sur la croix, avait souffert avant elle, et infiniment plus qu'elle, son âme retrouve enfin un peu de confiance et beaucoup de consolation.

Mais le temps marchait, les heures succédaient aux heures...

Seule, toute seule, et dans l'ignorance de ce qui se passait, elle tourne autour de sa chambre. Il y a longtemps que l'hôtelière l'a quittée, elle ne s'en aperçoit pas !

Ce n'est pas Wilhelmine qui la préoccupe.

— Où est Jacques ? Que fait-il ? Pourquoi n'est-elle pas auprès de lui ?

Et son impatience redouble.

— Où donc est tante Victoire ? crie-t-elle dans le paroxysme d'un nerveux affolement. Elle ne revient pas. Pourquoi me laisse-t-elle ainsi abandonnée ?

Elle va de la fenêtre à la porte et de la porte à la fenêtre. Elle ouvre l'une et regarde la place qui est devenue déserte. Elle revient à l'autre, prête l'oreille aux bruits de la maison qui s'est faite silencieuse. Elle veut descendre, rejoindre Jacques, son père, sa tante, tous ceux qui font sa vie, et qui l'abandonnent dans ce moment douloureux. Elle n'ose pas.

Midi était sonné lorsque Michaud entra.

— Où donc est tante Victoire ? lui crie-t-elle.

— Je ne sais pas.

— Tu ne l'as donc pas vue ?

— Elle n'est pas ici ? Où est-elle ? je la cherche aussi...

— Qu'as-tu, Michaud ?

— Sa balafre était blanche.

— Et Jacques ?

— Jacques ! il est au Conseil de guerre. C'est le commandant qui l'a défendu, toute la salle pleurait, je ne voyais personne, car je pleurais plus fort que les autres.

Simone ouvrait de grands yeux, elle ne comprenait pas.

— Dame, c'est que le colonel n'y allait pas de main morte, poursuivait-il.

Soudain, un éclair brilla dans les yeux de la jeune fille.

— On l'a acquitté, n'est-ce pas ? pourquoi n'est-il pas ici ?

Michaud restait silencieux ; mais ses yeux

pleuraient et sa cicatrice répondait toute seule.

— On l'a donc condamné ? Où est-il, mon Jacques ? Où est-il, Michaud, réponds donc ! Où est Jacques ?

— Il est là-bas, en prison, tout seul.

Simone était déjà partie. Michaud avait peine à la suivre.

Quelques instants s'étaient à peine écoulés qu'elle était près de son fiancé. En la voyant, Jacques avait ouvert ses bras, et la jeune fille s'y était précipitée. Dans l'obscurité de la prison, au milieu des larmes et des sanglots, la tête sur l'épaule du condamné, elle laissait déborder sa douleur et sa colère en plaintes amères, en récriminations folles.

Le jeune homme ne pense plus à la mort.

Un inexprimable sourire illumine son visage, ses yeux brillent d'une virile ardeur, sa tête se redresse droite et fière, et ses lèvres brûlantes déposent sur le front pâle de Simone son premier baiser de fiançailles.

Puis, comme effrayé de son audace, doucement il la repousse, se recule et s'appuie contre le mur.

Mais Simone dans sa douleur, se rapproche de son fiancé, et les yeux dans les siens.

— Mon pauvre Jacques, mon pauvre bien-aimé !

Elle ne trouvait pas d'autres paroles.

Il s'était laissé tomber sur un tabouret, et là, presque aux pieds de la jeune fille, serrant des mains qui recherchaient les siennes, il l'accablait de remerciements... de paroles inintelligibles, entrecoupés de sanglots convulsifs.

— Vous êtes le gage de mon innocence. Seriez-vous ici si j'étais coupable ? Ils m'ont condamné.

— Je n'ai jamais douté de vous et mon cœur n'a jamais cessé de battre pour mon fiancé.

— Je puis mourir maintenant, puisque j'ai la joie suprême de vous avoir revue !

— Mourir ! ne parlez pas ainsi. Je ne veux pas que vous mouriez !

Et de ses mains enfiévrées elle essaye de lui fermer la bouche.

— Mourir, ce n'est rien. Je ne redoute que le déshonneur qui va s'attacher à mon nom !

Alors, s'éloignant de Simone, il ajoute :

— Oubliez-moi, le souvenir d'un flétri ne doit plus hanter votre pensée.

— Vous oublier ? Jamais ! Devant Dieu qui connaît votre cœur et le mien, je le jure, je resterai fidèle à votre amour, jusque dans la tombe, la même qui va nous réunir ! Si l'on vous tue, on me frappera avec vous. Je vous ferai, contre les balles, un bouclier de mon corps. Qui donc osera tirer sur nous ?

Dans la cellule, un grand silence assombrit encore les visages !

Du lointain, le roulement des tambours arrive affaibli après avoir percé les pierres, et comme filtré à travers la muraille.

Jacques et Simone, debout, interdits, sont immobilisés dans la terreur.

Bientôt les sons se rapprochent pour éclater soudain comme un coup de tonnerre que l'écho augmente et amplifie encore.

Les murs de la prison tremblent sous la marche cadencée de la brigade, qui va dans un

arroi guerrier, sur le lieu d'exécution, se ranger en ordre de bataille.

Simone se rapproche de son fiancé ; elle tressaille ; son cœur est comme piétiné par ce martèlement de pas qui se succèdent sans relâche.

Elle s'abat, sanglotante, épuisée, sans un mot, sans une pensée, les yeux perdus dans un infini douloureux.

La porte s'ouvre, les deux jeunes gens n'ont rien entendu.

C'est le commandant qui revient, la sueur coule de son front, il peut à peine se tenir debout.

— Mes enfants, dit-il d'un ton farouche, voici l'heure. Allons, partons tous les trois ; nous devions vivre ensemble, ensemble nous allons mourir !

Douze hommes conduits par un lieutenant s'avancent rapidement. C'est le peloton d'exécution...

Mais voici que Bataille se fraye, au milieu des soldats, un passage et pénètre dans la prison qu'il remplit de ses aboiements joyeux.

Il tourne sur lui-même et autour des trois victimes avec des bonds désordonnés.

— Tante Victoire ! crie Michaud d'une voix chaude, en entre-bâillant la porte.

— J'aurai, avant de mourir, tous les bonheurs à la fois. Oh ! si ma mère était là aussi !

— Je viens la remplacer, dit la sœur du commandant qui apparaissait.

Elle n'était pas seule...

Gaston, la veille, avait assisté au drame étrange qui se passait dans le cœur de son « camarade d'enfance ».

Il n'avait pas voulu comprendre la grandeur de la lutte ni le mâle courage qui l'avait fait s'enfuir devant la tentation.

En voyant Jacques disparaître, il avait trouvé l'occasion favorable de s'enrichir tout à la fois et de se venger.

Il dépouille son uniforme qui l'aurait fait reconnaître, revêt son costume d'étudiant qu'il avait quitté à Bâle.

Froidement il se baisse, ramasse le scalpel que Desaillards avait jeté là, dans un mouvement de dégoût, puis, sur la pointe des pieds, pour ne pas troubler le sommeil de son rival, il pénètre dans l'alcôve.

L'espion était plongé dans un assoupissement léthargique.

La fatigue, les émotions du matin et celles du soir, plus torturantes encore, l'avaient accablé.

Chavernay, de peur d'être souillé par le sang de la victime, prend la précaution de se placer près du mur, et, avec moins d'émotion qu'il n'en avait éprouvé le jour où, pour la première fois, à l'amphithéâtre de l'école, il avait disséqué son premier cadavre, d'un coup sec, il tranche l'artère carotide de sa victime, pendant que sa main gauche, comme un bâillon, en étouffe le dernier soupir. Il regarde le sang couler, s'assure que le cœur ne bat plus. Dans une secousse brutale, il s'empare du sac rempli de florins ; il en passe la courroie en bandoulière. Alors, avec une idée infernale et qui le fait sourire, il va chercher la trousse et le portefeuille que Jacques avait laissés sur la table, il les place près du cadavre, en évidence, et remet dans la plaie le scalpel dont il vient de se servir. Puis, content de lui, sûr d'avoir égaré les soupçons, il enjambe la fenêtre, repousse derrière lui les contrevents, et, sans se presser, se dirige au milieu des rues pour quitter à jamais le théâtre de son crime.

Bientôt la peur commence à l'agiter. Il se met à marcher plus vite.

Les patrouilles passent, silencieuses, dans leurs rondes de nuit, il ne les voit pas. Il n'a plus qu'une idée, fuir. Etre loin avant que le meurtre ne soit découvert ! Il se dirige en aval de la Reuss.

Là, son bateau, sa *Wilhelmine*, l'attend. Au point du jour il sera loin. En six heures on fait du chemin, entraîné par un courant aussi rapide. Mais voici la première déception : la barque a disparu. Tout son plan s'écroule. Va-t-il se laisser prendre bêtement comme un vulgaire criminel ? Il n'y a pas qu'un canot sur la rivière. Dans l'espoir d'en retrouver un autre, il descend le long du rivage. La lune brille encore et lui permet du regard de fouiller les deux rives. Ses recherches sont inutiles. Il revient sur la route et se dirige vers Künten.

Soudain il tressaille. Du côté de Bremgarten des rumeurs s'élèvent formidables. Son crime est découvert !

— Je suis perdu ! C'est Jacques qui a donné l'alarme !

Il hâte sa course, puis prend le pas gymnastique, puis il vole. Tout à coup il s'arrête, il se couche sur la route, colle son oreille sur le sol empierré. Plus de doute, on est à la poursuite. Il se relève. Où doit-il diriger ses pas ? A sa gauche, la Reuss lui barre le chemin. Devant lui, la route. Mais la suivre, c'est se livrer. A sa droite la masse sombre de la forêt, c'est un refuge tout naturel. Il se jette dans un sentier qui se perd sous la feuillée, s'enfonce à travers le taillis, et, avec l'agilité de ses jambes de vingt ans, il monte la côte qui se dresse rocheuse et boisée. Il va droit devant lui, sans réflexion, sans volonté autre que celle de fuir le danger qui le menace. L'épouvante semble lui attacher des ailes aux épaules. Il gravit et des pieds et des mains des escarpements impraticables. Rien ne l'arrête, il continue à grimper au hasard, la tête en feu, la gorge haletante comme s'il avait eu à soutenir des luttes inégales. L'air ne pénètre plus dans ses poumons encombrés. Il s'arrête pour reprendre haleine. Il écoute. Soudain il entend une respiration sifflante. Il frissonne. C'était la sienne. Il reprend sa course, un bruit de pas vient frapper ses oreilles, comme si quelqu'un, à distance, le suivait. C'est l'écho qui lui apporte le bruit saccadé de ses pas sur les rochers. En faisant un mouvement, il croit voir Kieffer, il se retourne, c'est un arbre de la forêt.

Le sol manque sous ses pieds, il tombe et sa tête frappe lourdement le sol. Des bourdonnements viennent tinter à ses oreilles, un amalgame confus de sons étranges. Il se relève, se cache au milieu d'un fourré entre deux blocs de rochers. Là, suant la peur, il attend, quoi ? il ne sait pas.

Le ver du remords commence à ronger sa conscience. Il cherche à fixer sa pensée sur la fortune qu'il a sous la main et à laquelle il n'avait pas encore songé. Il ouvre le gilet, il plonge ses doigts au milieu des florins entassés. Mais il n'éprouve pas de plaisir.

Alors il se rappelle tous les instants de la journée qui vient de s'écouler. Son amour profané, son jeu d'enfer, sa dette d'honneur, sa jalousie sanglante. Tous ces souvenirs prennent corps et s'animent. C'est dans son imagination comme une troupe de démons qui dansent une ronde infernale.

Il courbe la tête, se rabat le chapeau sur les yeux comme pour leur voiler un spectacle qui l'exaspère.

— Il n'y a pas besoin d'enfer pour souffrir. Si Dieu existait, il attendrait l'éternité pour me frapper, murmurait-il en blasphémant.

Mais au fond de sa conscience une autre voix s'élève qui lui répond :

— C'est le châtiment de Dieu qui commence.

Il passe ainsi le reste de la nuit, attendant le jour qui lui apportera un peu de calme.

L'aube blanchit à peine l'horizon que déjà il repart, où ? Il ne sait.

La peur de se faire arrêter l'irrite et le rend incertain sur le chemin qu'il doit suivre. Il se dirige du côté de Dietikon, vers le soleil qui se lève. Mais soudain il revient sur ses pas. C'est alors une course sans but, à l'aventure ; le moindre bruit le fait frémir.

Puis voici que le lieu du crime le fascine et l'attire. Il se sent comme un besoin de rôder autour du *Sanglier d'argent*, d'approcher du cadavre de sa victime. Il veut avoir des nouvelles, savoir ce que l'on dit, s'assurer que Kieffer n'est pas sorti de sa couche ensanglantée pour l'accuser.

La matinée est déjà bien avancée lorsque Bremgarten apparaît à sa vue et se déroule à ses pieds. Il a peur d'être aperçu. Il monte sur un sapin qui domine la vallée, et, caché dans le sombre feuillage, il regarde la ville sans la voir, il entend des vociférations sans les comprendre.

C'était le moment où Jacques allait au Conseil de guerre. Les tambours battent, les clairons sonnent, les signaux se multiplient. Tout cela le laisse indifférent, il ne voit que le toit pointu de la mison d'Herman, il n'entend qu'un son : le bruit étouffé du dernier soupir de sa victime.

La fatigue le force à descendre et la faim torture ses entrailles.

La veille, il avait peu mangé. A midi les affres de la jalousie et le soir la préméditation angoissante de son crime lui avaient crispé la gorge et forcé son estomac à refuser toute nourriture.

— Et dire que j'ai là, dans mes mains, une fortune... et qu'elle ne peut me fournir un peu de pain !

Et il se mit à pleurer comme un enfant.

— On peut venir me chercher, maintenant, je me laisserai prendre... j'en ai déjà assez de cette vie-là !

Soudain, il tressaille ; à son oreille, il entend une respiration précipitée et sent sur son front passer une chaude haleine.

C'est Bataille qui demande une caresse.

Il lève les yeux : tante Victoire est devant lui.

Elle le regarde, et, avec une mélancolique douceur, un sourire navré, elle l'appelle :

— Gaston !

Confiante dans le flair subtil de son chien qui avait été dressé, et de bas âge, à chasser le voyageur égaré dans les neiges, la sœur du commandant était partie, aussitôt sa nièce endormie.

D'un seul mot, avec la clairvoyance de son cœur, elle avait compris tous les détails du crime qui avait amené l'arrestation de Jacques. Elle avait entrevu l'insuccès des recherches du lieutenant envoyé pour s'emparer du meurtrier et les malheurs qui allaient se succéder autour d'elle ; elle n'avait pas hésité.

Bataille dépisterait Chavernay mort ou vivant, sur les chemins comme dans les plaines, dans les rochers comme au milieu des forêts.

Il n'y avait qu'à le mettre sur la trace...

Elle était descendue dans la chambre où reposait encore le cadavre de Kieffer, s'était approchée du lit de Gaston, avait pris son uniforme abandonné, l'avait placé un instant sous le museau de l'animal en lui disant :

— En chasse, Bataille, en chasse !

Et Bataille était parti ; il avait sauté par la fenêtre encore ouverte... et allait, le nez en terre, directement, sans hésitation. Sa maîtresse le suivait, et de près. Elle parlait à son Dieu :

— Mon Sauveur, mon Maître et mon Époux divin, vous savez que ce n'est pas la haine qui me guide, c'est la justice. Jacques est innocent et tout le condamne. Sa mort entraînera celle de Simone et peut-être aussi celle de mon frère. Trois vies pour épargner celle d'un coupable, n'est-ce pas trop ? Faites que je retrouve Chavernay, non pour l'envoyer à la mort, mais au repentir. S'il vous faut une victime pour apaiser votre courroux, me voici. Frappez sur moi, mais épargnez, Seigneur, épargnez les innocents, épargnez aussi le coupable.

Et, toute réconfortée par cette immolation d'elle-même, elle refaisait par dévouement le chemin que la peur avait fait parcourir au fugitif.

Il était près de 11 heures lorsqu'elle l'avait retrouvé.

C'était le moment où son frère plaidait en soldat, avec sa parole tranchante comme son épée, aimante comme celle d'une mère.

— Gaston ! dit-elle.

Et c'est la première fois qu'elle l'appelle ainsi.

Chavernay se lève, et dans un sursaut d'épouvante et de menace :

— Que venez-vous faire encore ici, vous ?

Il avait appuyé sur le mot encore... peut-être l'avait-elle déjà poursuivi dans ses hallucinations nocturnes.

— Mon enfant ! — et combien douce était sa voix — mon enfant, vous pleurez, je viens tarir vos larmes !

— Je ne suis pas votre enfant !

— Peut-être plus que vous ne le croyez.

— Gardez ce nom-là pour Jacques. Vous venez me chercher pour me livrer à la justice.

Tante Victoire ne répondait pas.

— Combien avez-vous amené de soldats pour me prendre ?

Il y avait dans sa voix un ton plein d'ironie et de méchanceté.

— Je n'ai avec moi que ma faiblesse et mon affection.

Gaston avait fait un mouvement de dénégation. Elle poursuivit :

— Je suis venue seule, pour vous détourner de la justice de Dieu.

— Dieu ! Je n'y crois pas, vous le savez bien.

— Vous souvenez-vous de votre mère ?

— Oui ! pourquoi ?

— Parce qu'elle croyait à Dieu. Elle vous l'a fait aimer dans votre enfance, elle vous a préparé à le recevoir dans votre cœur au jour de votre première Communion...

— Il y a longtemps que je me suis débarrassé de toutes ces vieilles croyances.

— En êtes-vous devenu meilleur ?

— Non.

— C'est le Dieu de votre mère qui m'envoie près de vous, car, malgré votre crime, il vous aime toujours.

— S'il m'aimait, je ne souffrirais pas autant.

— Et qui vous dit que cette souffrance n'est pas déjà un effet de son amour ?

— J'ai faim. Peut-il changer ces pierres en nourriture et me donner à manger ?

Et sa voix était farouche...

— Oui ! c'est l'œuvre quotidienne de sa Providence, et c'est elle qui vous offre ces provisions que je vous apporte ; mangez.

Et Chavernay se mit à les dévorer, sans penser qu'elle aussi pouvait être à jeun ! Le repas fut silencieux. Elle s'empressait autour du coupable avec une aimable prévenance. Elle sut toucher un cœur qui ne demandait qu'à s'ouvrir. Le déjeuner fini, ce fut le moment des aveux. Il racontait ses malheurs, la détresse de son amour par la trahison de Laure, la détresse de sa bourse par la trahison du jeu ; en un mot, tout ce qui avait pu l'entraîner au crime, et le crime lui-même, il racontait tout.

— Et l'on me soupçonne peut-être ?

— On fait plus, mon pauvre enfant, on vous accuse et on vous recherche. Il y a des compagnies lancées à votre poursuite. On a déjà arrêté Jacques.

Gaston n'avait pas répondu. Il était embarrassé. Que son ami soit arrêté, il l'avait bien prévu ; n'avait-il pas tout fait pour égarer sur lui des soupçons ? Et il n'avait même pas osé dire cette infamie à tante Victoire, à laquelle il avait dit tout le reste...

— Maintenant, ajoute-t-il avec effort, ma fuite est devenue impossible. Je suis poursuivi, cerné, traqué comme une bête fauve... A quoi tout cela peut-il me servir ?

D'un mouvement brusque, il avait ouvert la valise de Kieffer et montré toute la fortune qu'elle contenait.

Un carton de couleur verte s'était échappé et était tombé à terre.

Tante Victoire se baisse, le ramasse et pousse un cri.

— Mon Dieu ! que vous êtes bon ! vous avez exaucé ma prière.

Chavernay la regarde avec des yeux interrogateurs...

— Qu'y a-t-il donc ?

— Remerciez Dieu, voici qui vous sauve...

Et, de l'extrémité de ses doigts effilés, elle tourne et retourne la carte dont la couleur brille à ses regards comme un rayon d'espérance.

— Lisez, lui dit-elle, c'est écrit en allemand... en comprenez-vous la langue ?

— Non.

— Voici la traduction :

BUREAU DES RENSEIGNEMENTS SECRETS

« N° 17. Laissez passer le sieur Kieffer dont voici le signalement... »

Au bas il y a le sceau et la signature de l'archiduc Charles d'Autriche. Kieffer était un traître et un espion, en voici la preuve.

Chavernay regardait les mots, qui étaient pour lui des hiéroglyphes.

Tante Victoire continuait :

— La mort de Kieffer met certainement un terme à nos défaites, car depuis très longtemps il vivait au milieu de nous. Elle devient le salut de l'armée et le gage assuré de nos victoires futures. Il ne se trouvera pas un soldat pour condamner celui qui nous a délivrés d'un espion. Mais alors, au lieu de vous laisser arrêter, il y a avantage à vous constituer prisonnier. Vous n'avez plus l'air de redouter un jugement qui vous sera favorable.

— Et cette fortune ? Que va-t-elle devenir ? Elle m'a coûté assez cher. Je veux la conserver.

— Mon pauvre enfant, ne voyez-vous pas qu'elle vous a déjà conduit au crime ; voulez-vous donc qu'elle vous conduise au dernier supplice ?

— Je suis votre prisonnier, Emmenez-moi.

Il suivit tante Victoire, mais à regret.

Bataille les précédait, le museau à terre, cherchant des pistes nouvelles.

En ce moment, la 106e demi-brigade s'apprêtait à assister à l'exécution du sous-aide Jacques Désaillards.

La tante de Simone, partie avant le jour, ne connaissait aucun des événements qui s'étaient succédé dans la matinée avec une rapidité si excessive. Elle rentrait fatiguée, mais heureuse. Elle remerciait Dieu et encourageait à la fois son captif et s'efforçait de le ramener à des sentiments de repentir.

À l'ambulance, le caporal Jollivet, qui s'était fait mettre au « clou » pour ne pas assister à la tragédie qui allait s'accomplir, leur indiqua la retraite de Jacques, sans oser les instruire de sa condamnation.

Elle arrivait donc joyeuse, elle pouvait dire à son « neveu » :

— Je viens auprès de vous remplacer aujourd'hui votre mère.

Elle s'était détournée alors et avait présenté le vrai coupable, Chavernay.

En le voyant, Jacques s'écria :

— Gaston ! sauvé ! mon Dieu ! Je suis sauvé ! Gaston, mon ami, mon frère, n'est-ce pas que je suis innocent ? Ils m'ont condamné parce que tu n'étais pas là.

— Condamné ! Déjà ? murmure tante Victoire interdite. J'arrive donc en retard ?

La faim, la fatigue, l'émotion la font chanceler. Mais, par un effort vigoureux de sa volonté, elle se redresse, elle appelle sa nièce qui était là toute tremblante.

— Viens avec moi, Simone, courons avertir le colonel.

Et elle était sortie avec elle.

Jacques continuait :

— Je savais bien que notre vieille amitié n'était pas morte...

Les douze hommes conduits par le lieutenant s'avancent.

À leur vue, Chavernay, saisi d'une terreur soudaine, cherche à prendre la fuite.

## XIII

### LE TRIOMPHE DE LA FOI

Dans son innocence, Jacques ne soupçonne pas encore la vérité, il se méprend sur les sentiments de son ami, et s'écrie :

— Je te fais donc horreur à ce point que tu me veux fuir ! Toi aussi, me croirais-tu coupable ?

— Non, ce n'est pas toi qui as tué Kieffer, répond sourdement le malheureux que les soldats avaient brutalement repoussé jusque dans l'intérieur.

— Merci, merci ! continue le fiancé de Simone, aveuglé par les larmes, j'avais besoin de ton témoignage, alors que je vais être dégradé et que je vais mourir !

Puis subitement et avec une grande amertume dans la voix :

— Mais toi aussi, tu es condamné, mon amitié te porte malheur. Fuis ! fuis ! Gaston, c'est assez d'une victime.

Chavernay ne l'écoute pas... la rage l'étouffe ; sa voix, au milieu de hoquets, est sourde.

— On m'a trompé avec des paroles mielleuses. On m'a attiré dans ce piège. On est heureux maintenant de jeter entre les mains de la justice un pauvre coupable.

D'un mouvement rapide, il s'approche du lieutenant, lui arrache le pistolet des mains et le porte à son front en criant :

— L'amour m'a trahi, le jeu m'a perdu, mon honneur est détruit, je n'ai plus qu'à mourir !

L'officier le laissait faire, et, avec admiration :

— Au moins il est brave, celui-là !

— Non, dit le commandant, en désarmant Gaston, le suicide est un crime et une lâcheté, c'est la dernière de la vie d'un lâche. Voici votre arme, lieutenant, partez et allez prévenir le colonel de ce qui se passe.

L'officier n'avait pas attendu, il était sorti en fermant la porte derrière lui.

Désaillards, dans l'épouvante, ouvrait des yeux effrayants.

— Monstre ! C'est donc toi ! Le capitaine avait donc raison ! Et moi qui croyais à l'amitié ! Mon Dieu ! mon Dieu ! que je suis malheureux !

Puis, dans un brusque sursaut :

— Et j'allais mourir !

Puis, cherchant des yeux le lieutenant disparu :

— Tiens ! lieutenant ! regarde l'assassin, le voilà ! Laisse-moi partir. Je suis innocent.

On entendait des voix dans le corridor. C'était le peloton d'exécution. Les soldats, sans ordre, incertains de ce qu'ils devaient faire, piétinaient sur place. Il n'y avait plus dans la prison que les deux sous-aides et le commandant.

Jacques avait cessé de parler. Un souvenir cuisant avait traversé son esprit.

La tentation de se taire, qui torturait toujours son âme délicate, lui était revenue à la mémoire. Il était retombé sur le tabouret, et, la tête dans les mains, il ajoutait, subitement apaisé :

— Mais puis-je te condamner ? N'ai-je pas médité le crime, et avant toi ? N'ai-je pas levé le bras, et pour frapper ? Non, non, je n'ai plus le droit de t'accuser ni de te confondre. Ce droit, je l'ai perdu. La foi seule m'a sauvé comme aussi elle aurait pu arrêter la main criminelle ! Quelle différence y a-t-il entre nous ? Aucune. Faibles tous les deux et tous les deux soumis à la même épreuve, tous deux nous devions succomber. Peut-être aurais-je été l'assassin à ta place si Dieu n'avait arrêté mon bras, n'avait ranimé mon cœur chancelant, fortifié ma volonté défaillante, si la grâce divine n'avait soutenu mon honneur prêt à sombrer. J'avais une force de plus que toi, et quelle force !...

Gaston écoutait avidement cet aveu de son ami.

Il en était touché bien plus profondément qu'il ne le pouvait croire !

Le commandant contemplait « son fils » recouvré avec un orgueil croissant.

Alors Jacques s'était levé, et avec une majesté surhumaine il avait ajouté :

— Va... Pars !... fuis, Gaston ! Tu es coupable, vis pour te repentir. Je suis innocent : je reste. Je meurs et complètement purifié. Adieu ! on vient me chercher ; adieu !

Chavernay était tombé à genoux et pleurait.

La porte s'ouvrait, en effet !

C'étaient le colonel et tous les officiers de la brigade qui accouraient, accompagnés par Simone et tante Victoire.

Le visage de cette admirable femme était, comme toujours, calme et digne, sa parole claire et mesurée.

On pouvait dire qu'en dehors des choses du ciel, celles de la terre n'avaient pas la puissance d'émouvoir son cœur. Elle n'agissait jamais que par devoir.

Elle remerciait Dieu et intérieurement renouvelait son sacrifice :

— S'il vous faut une victime, Seigneur, prenez-moi, me voici.

Sa figure, comme l'azur du firmament après l'orage, avait retrouvé toute sa beauté et toute sa grâce. Sous l'épanouissement d'un rayon du soleil couchant, qui filtrait au travers des vitres d'une fenêtre, les boucles folles de ses cheveux blancs en désordre semblaient illuminées et formaient autour de son front pâli comme une auréole de flammes !

— Sous-aide Désallards, dit le colonel, en s'avançant, vous êtes libre, mais il vous faut une réparation, vous l'aurez complète.

Gaston s'était relevé. Le colonel se tournant vers lui :

— Vous, Chavernay, vous resterez prisonnier en attendant une décision. En présence du fait nouveau, vous pouvez espérer. Une enquête va s'ouvrir.

Puis il s'était tourné vers le commandant :

— Chavigné, vous avez trop bien commencé pour ne pas finir. Je vous adjoins au chef de la police pour la mener à bien.

Le fiancé et le père de Simone s'avancèrent au milieu des troupes assemblées. L'endroit où Jacques devait recevoir une mort infamante devint, par un ordre du jour motivé, le lieu de son triomphe.

En ce moment, dans une chambre du passage de la Visitation, trois femmes finissaient une prière qui avait duré longtemps. Elles se relevaient consolées.

Gaston resté seul méditait profondément dans sa prison. Il ne craignait plus la mort : on lui avait dit d'espérer.

Du reste, tante Victoire était là et sa confiance en elle lui était revenue. Elle paraissait sérieusement s'intéresser à lui qui pourtant n'était pas très intéressant.

Puis une pensée subite naissait dans son esprit :

— Qui donc la pousse à agir en ma faveur ? Car c'est elle qui, par son influence, a su exercer une pression sur le colonel.

Il répondit lui-même à cette question :

— Bast ! c'est un dévouement inspiré par la superstition. Elle n'est qu'une fanatique, après tout. Elle veut me convertir. C'est aussi l'égoïsme qui la pousse. Elle trouve Jacques à son goût. C'est un bon parti pour sa nièce, elle a voulu le lui conserver.

Mais un doute pénétrait dans son cœur. Le sentiment de la vérité se faisait jour, et malgré lui, il avait en vain essayé de chasser de son intelligence la vraie raison qui guidait tante Victoire dans sa conduite.

— Serait-ce la foi ? Peut-être, avait-il ajouté.

Puis il murmura :

— La foi et la charité sont deux sœurs inséparables.

Les paroles de Jacques, qui l'avaient profondément remué, lui revenaient à la mémoire : « Puis-je te condamner ? N'ai-je pas médité le crime et levé la main avant toi ? »

Il revoyait l'instant où son ami en délire s'avançait vers l'alcôve, la figure en feu, les yeux brillants comme ceux d'un halluciné, la main armée d'une lame homicide et criant : « Simone, nous serons riches. »

— Pourquoi n'a-t-il pas frappé ? J'ai cru que c'était par faiblesse. Ce n'est donc pas manque d'énergie, puisqu'il a ajouté : « J'avais une force de plus que toi, et quelle force !... »

Sa tête retomba sur sa poitrine et il médita quelques instants. Soudain, il se leva, marcha dans sa prison à petites enjambées.

— Alors, quelle est donc cette force ? Il m'a dit que c'est la foi qui seule a pu le retenir sur les bords de l'abîme. Serait-ce vrai ?

Chavernay se tut. Il n'osait pas répondre. Après un retour sur lui-même, il ajouta :

— Je suis bien obligé d'en convenir, je ne vois pas d'autres motifs qui aient déterminé sa fuite.

La conscience ? J'en ai une aussi. Je n'ai pas entendu sa voix, ou je l'ai fait taire !

L'honneur ? C'est lui qui a exalté ma jalousie et armé mon bras pour en payer la dette.

La crainte de la justice humaine ? J'avais pris mes précautions, elle ne m'a pas arrêté.

Sans ce maudit bateau qui a disparu, je ne sais ni pourquoi ni comment, je serais bien loin maintenant.

Le remords ? Je ne l'ai connu qu'après le crime accompli et alors qu'il n'était plus temps.

Alors, instinctivement, un nom sacré revenait sur ses lèvres :

— Mon Dieu ! Mon Dieu ! éclairez-moi.

Tante Victoire rentrait. Elle revenait vers son prisonnier. Elle ne voulait pas le laisser seul en ce moment d'attente surtout. Elle espérait, par sa présence, le soutenir, le consoler et surtout ranimer des sentiments chrétiens qui n'étaient qu'endormis peut-être. Le malheur abat l'orgueil ; il est la porte par laquelle pénètrent toutes les grandes vérités, et Gaston était malheureux. Ce fut une grande joie pour le sous-aide de la voir revenir.

Elle vint s'asseoir auprès de son enfant, comme elle aimait à l'appeler, et elle était pour lui une vraie mère. Elle lui parlait tout bas, à l'oreille, avec de maternels chuchotements.

Et « l'enfant » pleurait, il maudissait son crime.

Avec elle, il s'était mis à genoux ; il récitait des prières qu'il n'avait pas oubliées. Il avait retrouvé encore vivante la foi de son baptême, il sentait son cœur s'ouvrir tout grand au repentir et à la pénitence. Il était nuit complète lorsque le colonel vint lui annoncer la décision prise par le Conseil de guerre, assemblé hâtivement. En l'entendant venir, il s'était levé, et, le regard levé vers le ciel, il soupirait :

— Quelle que soit la sentence, je l'accepte. Je me livre à la justice des hommes pour apaiser la justice de Dieu.

L'enquête avait été rapidement menée. On avait ouvert le cercueil dans lequel reposait le cadavre de l'espion. Dans une petite poche placée sous le bras gauche, on avait retrouvé toutes les preuves de la trahison. Et comme l'armée devait partir dans la nuit, l'arrêt de Chavernay ne s'était pas fait attendre.

Il avait été reconnu coupable, avec circonstances atténuantes. Il était déchu de son grade, incorporé comme simple soldat dans l'ancienne compagnie de Chauvigné. Placé à l'avant-garde, il devait se faire tuer à l'ennemi ou, par des actions d'éclat, laver la flétrissure de son crime et reconquérir son brevet de sous-aide. La fortune de Kieffer avait été confisquée et versée dans la caisse de l'armée qui, du reste, en avait grand besoin.

Gaston était libre.

Tante Victoire, en rentrant auprès du capitaine et de Michaud, trouva Jacques et Simone. Leurs deux figures pâles gardaient encore l'empreinte ineffacée de la douleur, mais leurs yeux rayonnants, leurs sourires idéalisaient leur amour qui, descendu du ciel, remontait à sa source.

Michaud les contemplait, en extase. Sa cicatrice passait par toutes les couleurs de l'arc-en-ciel sans pouvoir se fixer.

Seul Chauvigné parlait.

— Gare aux Russes, demain. Je me sens en veine !

Tante Victoire vint s'asseoir au milieu d'eux, ses chefs aimés, l'âme toujours calme, attendant l'heure de Dieu.

Tout « son monde » était sauvé. Elle était prête au sacrifice.

Le 3 vendémiaire an VII — 25 septembre 1799, — seize mille hommes, sous le commandement du général Oudinot, étaient assemblés autour de Dietikon.

La 106e demi-brigade avait la dernière quitté Bremgarten à 2 heures du matin.

Parmi les plus braves soldats, on en avait choisi six cents pour passer la Limmat sous les ordres du commandant Chauvigné. Celui-ci était entouré de son état-major : c'est ainsi qu'il appelait les douze hommes d'élite de son ancienne compagnie qui devaient avec lui servir d'avant-garde et les premiers franchir le fleuve. Leurs noms doivent passer à la postérité.

C'était d'abord le sous-lieutenant Michaud, puis le sergent Poirrier, les caporaux Pichon et Jollivet, — ce dernier, quoique conscrit, avait, à force d'instances, obtenu la permission de faire partie de cette élite.

Venaient ensuite : Morand et Robinet, deux briscards à longues moustaches, hommes de vigueur et de sang-froid ; Duval et Dupuy, qui n'avaient jamais reculé ; Vermorin, qui, ce matin-là, s'était déjà payé plusieurs petits verres ; Quantin et Cochet, dont la mort n'avait jamais osé regarder les traits, et enfin Gaston Chavernay, placé là par ordre, impatient de se refaire un nom et de mourir en héros chrétien.

Il était 5 heures.

À peine si le jour commençait à poindre, quand Chauvigné entra dans la première barque qui venait d'être mise à flot.

Gaston l'avait reconnue, — c'était la *Wilhelmine*, avec laquelle, sur la Reuss, il aurait pu échapper à la justice des hommes.

— Elle me sert aujourd'hui pour une autre et meilleure besogne, murmura-t-il.

Michaud aussi l'avait remarquée ; il murmura à l'oreille du commandant :

— C'est avec elle que nous avons poursuivi le « Hounnegrelaïdre » et recueilli Bataille après son exploit. Elle nous portera bonheur.

Puis, après un instant de silence :

— Mais, c'est égal, si les apprêts du passage ont été faits avec un soin et un secret extraordinaires, ça n'a pas été sans peine... et ça nous a donné assez de tintouin.

Un épais brouillard avait favorisé la traversée. Les six cents braves, aussitôt débarqués, s'échelonnent par compagnies, se précipitent sur les tirailleurs ennemis, qui, dans leur surprise, se dispersent comme une volée de moineaux. Des coups de feu retentissent en longues détonations, et dans la brume toujours dense des boulets fouillent l'espace. Vermorin pousse un cri et tombe le premier. Il ouvrait la marche dans le douloureux chemin du soldat, où tant d'autres devaient le suivre et à peu de distance...

— Il n'aura plus jamais soif, dit Jollivet avec tristesse !

— Des hommes pour tourner l'artillerie, commande le général Gazan qui arrive avec des renforts.

Chauvigné, avec les siens, s'élance au pas de

charge. Gaston est de la partie, et non des derniers. Par-dessus leurs têtes, les boulets du général Foy vont jeter le désordre au milieu des trois bataillons russes. Et la compagnie avance à travers le brouillard qu'une forte ventée balaye tout à coup.

Le commandant et ses hommes s'arrêtent à vingt pas des gueules noires. Accablée par la nôtre, l'artillerie russe virait et se mettait en retraite. Mais une pièce chargée pointe sur les assaillants qui émergent du milieu de la brume.

— A terre ! ordonne Chauvigné.

Un déchirement vrille les oreilles, et le canon crache sa dernière mitraille.

— Maladroits ! dit Michaud.

— Debout, mes braves, et en avant ! dit le commandant qui bondit, l'épée à la main.

Gaston est à ses côtés... il fait feu... et le chef de la pièce tombe foudroyé... Les servants se laissent massacrer à coups de baïonnettes... et les canons sont pris. Les Français, en nombre, accourent de tous les côtés. Les bataillons russes, brutalement repoussés, vont se loger sous bois. Il fallait à toute force les déloger, afin de pouvoir marcher en avant. Les tambours battent une charge furieuse ; le canon gronde, les cris s'élèvent de toutes parts.

Le commandant et son « état-major » franchissent la route en courant et pénètrent dans la forêt. Mais ils sont exposés au feu de l'ennemi, qui sur la lisière tire presque à coups sûrs. Duval et Cochel tombent frappés en pleine poitrine.

Le soleil du matin s'échappe du milieu de la brume qui le retenait prisonnier et vient égrener ses rayons à travers un tamis de branches et de feuilles.

Chavernay, qui avait hâte de mourir, se précipite en avant dans un sentier qu'il reconnaissait pour l'avoir déjà parcouru.

— Allons, clampin, lui cria Michaud, pas de bravades inutiles. Ta vie n'est plus à toi, elle est à la patrie, faudrait voir à la ménager ; reste à côté de moi, tu auras de la besogne.

En effet, elle n'allait pas manquer : les Russes étaient devant eux.

Le combat, un corps à corps, fut terrible. Rang contre rang, poitrine contre poitrine, il se produit une horrible mêlée. Les clameurs des blessés montent lugubrement et se mêlent à des cris, des appels, des menaces, des insultes. On n'entend pas la voix des chefs qui, eux aussi, combattent et ne commandent plus. Un Russe arme son fusil et tire à bout portant sur le sous-aide. Michaud violemment repousse le jeune homme derrière un arbre. Mais le coup part et le sous-lieutenant reçoit la décharge dans le bras gauche.

— Sale pataud, tu vas me payer ça...

Et, d'un coup d'épée, le malheureux tombe percé de part en part.

La figure de Chavernay s'enflamme, la rage lui étreint le cœur, ses yeux roulent du sang, il frappe de tous les côtés à la fois. Pour un qui tombe, dix autres se présentent. Son fusil, dans un va-et-vient continuel, vibre et frissonne dans sa main enfiévrée. Une vapeur de sueur et de sang l'enveloppe comme d'un rouge manteau. Autour de lui, on ne voit plus que carnage, mais la mort semble le mépriser, elle ne veut ni prendre sa vie ni laver son crime.

Un cri de victoire se fait entendre.

Sur l'ordre de Gazan, le bois avait été tourné. Et l'ennemi cerné s'était fait tuer jusqu'au dernier, sans vouloir ni se rendre ni déloger de ses positions.

Le commandant compta ses hommes. Cette première escarmouche avait déjà coûté à son « état-major » trois morts et un blessé.

La 106e demi-brigade se reforma bientôt et prit sa place d'avant-garde.

Michaud était avec sa compagnie. Sa blessure, sondée par Gaston, n'était ni grave ni profonde, une simple écorchure. Elle fut bandée et son propriétaire put suivre la colonne qui se remettait en marche.

Oudinot passait avec Gazan. Tous deux s'arrêtèrent près du sous-aide :

— Ton nom ?

— Chavernay.

— Tu sais lire et écrire ?

— Oui, mon général.

— Je te nomme sergent, et ce soir tu seras cité à l'ordre du jour.

Et les deux généraux étaient repartis au galop.

— Courage, murmura à son oreille le père de Simone, la réhabilitation approche.

Il fallut le violenter pour lui faire accepter ce grade.

Jollivet voulut coudre les galons sur les manches du sous-aide.

— Je diférai ce soir ou demain cette besogne-là, pas la peine d'user beaucoup de fil.

Pendant cette première action, un pont de bateaux avait été jeté sur la Limmat. Les Français avaient passé rapidement.

L'armée remonta la rivière et alla se poster sur les hauteurs qui couronnent Zurich au Nord et à l'Est.

Le camp de Hongg fut enlevé au pas de charge et les bataillons ennemis culbutés.

Puis successivement furent occupées toutes les collines qui environnent la ville.

Chauvigné et les siens campèrent à Unterstrass, aux portes de Zurich, pour fermer la route de Winterthur, qui seule donnait issue en Allemagne, et par laquelle les Russes devaient se retirer.

L'ambulance fut établie non loin de là, sur les bords de la rivière, à Wipkrengen.

Tante Victoire et Simone, qui n'avait pas voulu la quitter pour rester ainsi plus près de son fiancé, s'empressaient de faire préparer les brancards, les lits, les bandes de toile, les monceaux de charpie. Les infirmiers s'agitaient autour d'elles. Les majors et les sous-aides avaient déjà de la besogne, car les blessés de la première heure arrivaient nombreux.

37 000 Français enfermaient Korsakoff dans Zurich, avec ses 26 000 hommes.

Le lendemain, le combat devait être acharné. Le général russe s'était enfin aperçu de sa fâcheuse position. Pendant la nuit, il avait porté ses troupes au nord de la Limmat pour les jeter contre les Français et se frayer un passage au milieu d'eux.

Au point du jour Masséna attaque l'ennemi en queue, pendant qu'Oudinot le charge en tête. La ville, encombrée d'artillerie, d'équipages, de blessés, est envahie de tous les côtés à la fois et enveloppée de feux. Le canon tonne et vomit la mitraille; des incendies s'allument et se propagent.

Ah! que tante Victoire avait eu raison lorsque, au péril de sa vie, elle était venue vingt jours auparavant chercher Simone pour ne pas l'exposer dans une pareille fournaise!

Korsakoff, impuissant et accablé de toutes parts, envoie à Hotze un messager pour l'informer de sa position et lui demander des secours.

Mais, à la même heure, Soult attaquait impétueusement le général autrichien.

Celui-ci se faisait tuer bravement à la tête de ses troupes, mais son corps d'armée était battu et dispersé dans les montagnes.

Alors Korsakoff songe enfin à se retirer.

Il place son infanterie en tête, sa cavalerie au centre, son artillerie et ses équipages en queue, et, formant une longue colonne, il s'avance sur la route de Winterthur.

Les Russes s'élancent avec furie sur les Français. Ce fut le commandant Chauvigné et sa brigade qui reçurent le premier choc. Il fut terrible. Les tambours battent la charge, les clairons sonnent avec rage. Le bruit de la mousqueterie, les cris des blessés, le commandement des chefs, les clameurs guerrières de 60 000 hommes, tout se confond en un affreux tumulte que dominent encore les voix formidables de 200 canons tonnant à la fois.

Une horrible mêlée ondoie sur la route, déborde dans la plaine, escalade les collines environnantes. Le sol est couvert de débris, encombré de cadavres, rougi par des fleuves de sang. Mais les Russes se précipitent avec un élan tel qu'ils renversent les nôtres, les culbutent, les rejettent à droite et à gauche et s'ouvrent une route sanglante.

Pichon, Poirrier, Quantin tombent percés de coups; Aubin a la tête fracassée par une balle.

Et l'ennemi s'échappe en colonnes serrées et profondes, il abandonne ses morts et ses blessés, et fuit tête baissée, inconscient, sans prendre la peine de répondre au feu bien dirigé de nos tirailleurs.

A la suite de l'infanterie, les escadrons s'élancent comme un ouragan. La terre tremble sous le piétinement de la cavalerie; le cliquetis des sabres et des épées se mêle aux hennissements des chevaux, aux vociférations des combattants. 14 000 hommes passent ainsi au milieu de nos bataillons impuissants. Mais voici que le général Foy accourt avec son artillerie. Les boulets, dans les rangs des fuyards, ouvrent une trouée sanglante. Les chevaux sont éventrés, les cavaliers broyés.

Il se produit une effroyable confusion, un pêle-mêle indescriptible.

L'épouvante s'empare de l'ennemi qui recule en désordre. Entre eux et ceux qui les précèdent un espace s'ouvre, un vide se forme que s'empressent de combler les Français qui accourent des deux côtés à la fois et se réunissent pour les broyer dans une formidable étreinte.

Chavernay, qui cherche toujours à mourir, est au premier rang avec Michaud et ses compagnons.

Le commandant Chauvigné à leur tête les excite de la voix et du geste.

Enfin les Français vainqueurs repoussent les cavaliers russes jusqu'aux portes de la ville et les jettent, proie vivante, sous les coups de Masséna. La lutte devient gigantesque. Vainqueurs et vaincus s'acharnent avec opiniâtreté.

Soudain Chauvigné chancelle et tombe frappé à la cuisse d'un coup de baïonnette.

Michaud et Gaston le reçoivent dans leurs bras, le transportent dans une maison voisine et retournent au combat pendant que Jollivet, au galop d'un cheval dont il vient de s'emparer, court avertir tante Victoire, Jacques et Simone. L'espace qui le sépare de Wipkrengen est vite franchi, et une demi-heure après, autour du commandant se trouvaient réunis tous ceux qu'il aimait.

Jacques fit le premier pansement.

Le blessé souffrait sans se plaindre et avec une mâle énergie. Lorsque la douleur lui crispait le visage, il disait avec une parole presque joyeuse:

— J'en ai donné bien d'autres pour en recevoir si peu.

Cependant, au dehors, la lutte continuait ardente, implacable, sans merci. On se battait de rues en rues, de maisons en maisons, partout où l'ennemi trouvait un mur pour s'abriter, un endroit pour se défendre. Des deux côtés, l'acharnement devenait sauvage. On ne faisait pas de quartiers. Ce fut un carnage effrayant. La Limmat, dans ses eaux ensanglantées, roulait des monceaux de cadavres.

Enfin les Russes, enveloppés, sont obligés de se rendre. Tout ce qui était dans Zurich met bas les armes. Cent pièces de canons, tous les bagages, les administrations, le trésor de l'armée et cinq mille prisonniers deviennent la proie des Français.

Korsakoff avait eu huit mille hommes hors de combat. Il se hâtait de regagner le Rhin avec treize mille hommes au plus.

Michaud, Chavernay, Jollivet et quelques rares survivants de l'« état-major », Morand, Robinet et Dupuy, noirs de poudre, couverts de sueur et de sang, accouraient pour avoir des nouvelles de leur chef blessé. Ils étaient là debout, mornes et farouches, près du lit de leur commandant. Pour eux, la victoire n'avait plus de prix. Fatigués de combattre, ils auraient voulu retourner à la boucherie pour assouvir leur vengeance.

Soudain un grand tumulte, des pas de chevaux, des coups de feu... Tous, le fusil à la main, quittent avec précipitation la chambre du commandant. C'était une compagnie de cavaliers russes qui essayaient de fuir. Se voyant cernés par cette troupe de Français qui surgit devant eux, ils déchargent leurs armes, font volte-face et disparaissent.

Tante Victoire est frappée d'une balle au-dessous de l'épaule droite. Alors, sans pousser un cri, elle tombe entre les bras de Jacques et de Gaston. Sa belle tête se renverse, ses cheveux blancs se déroulent et ses grands yeux noirs se tournent vers le ciel.

Gaston l'entendit murmurer:

— Merci, ô mon Jésus! vous avez exaucé ma prière et accueilli mon offrande!

On la déposa sur un lit de camp que Jollivet avait apporté de l'ambulance pour le commandant Chauvigné.

A chacune des respirations de tante Victoire, un sang noir s'échappait en bouillonnant. La plaie fut sondée par Jacques. La balle avait perforé le poumon droit; la blessure était mortelle. Doucement, les lèvres de la mourante s'agitaient dans une prière continue.

Penchée sur sa tante, Simone refoulait ses larmes, prêtait l'oreille et percevait ces mots :

— Mon Dieu ! Tous sont hors de danger, ma dette est payée, et j'ai confiance en vous, Seigneur !

Cette épreuve nouvelle l'angoissait, elle croyait mourir aussi.

Les bruits de la rue avaient cessé, le tumulte s'était éloigné. Dans la maison, il y eut un silence, lourd de désolation, grand comme la douleur qui cheminait jusqu'au fond des âmes et qui poignait les cœurs. Couchée devant la porte, blême dans la belle lumière rougissante des derniers rayons de soleil, tante Victoire ne savait plus où se dirigeaient ses pensées.

Était-ce vers ceux qu'elle allait quitter, ou vers l'Époux de son âme qu'elle allait rejoindre ?

C'était vers tous à la fois. Elle s'efforçait de se fixer dans les yeux, et à jamais, des visages qu'elle ne reverrait plus ici-bas. Sa vue se portait sur les êtres qu'elle avait aimés, comme une mère qui va s'en aller et qui compte ceux auxquels ses soins manqueront désormais.

En un instant, elle avait revécu sa vie avec tous, faisant à chacun l'adieu sans réponse qu'elle leur voulait faire.

Chauvigné, sur son lit de torture, contemplait le ciel avec tristesse et avait doucement soupiré :

— Mon Dieu ! que votre main est lourde lorsqu'elle frappe !

Si faible que fût cette parole, la mourante l'avait entendue.

— Mon frère, ne vous laissez pas abattre, remerciez le Seigneur. Vous guérirez, et rapidement. Quant à moi, un peu plus tôt, un peu plus tard, c'est la loi, il faut mourir !

Puis, après quelques instants :

— Songez à demander l'aide et l'appui de celle qui relève les courages; au Golgotha, elle resta debout aux pieds de son Fils mourant.

Simone et Jacques, muets dans leur épouvante, s'avançaient. Lorsqu'ils furent dans le rayon des yeux de la mourante, ils virent son visage s'éclairer d'un sourire subit.

Elle parla. Ce fut comme un soupir qui revenait des profondeurs où s'étaient retirées la pensée et la vie.

— Vous serez heureux, Dieu vous bénira, vous et vos enfants !

Alors elle sembla chercher quelqu'un. Son bras se leva avec un geste douloureux de suprême appel vers le miséreux qui était là, jeune encore dans le chemin du repentir et déjà si vaillant.

Ses facultés paraissaient se concentrer sur lui. Chavernay, caché derrière la porte, disait d'une voix noyée par les larmes :

— Tante Victoire, ma douce providence, pourquoi m'abandonnez-vous ? C'est moi qui devais mourir et c'est vous que Dieu frappe à ma place !

— Gaston !

Et la voix de la blessée, devenue pour un instant vigoureuse, s'éleva claire et prophétique.

— Gaston ! vous vivrez pour le repentir. Lorsque vous serez mûr pour le ciel, je viendrai vous chercher encore une fois.

Elle envoya un sourire à Michaud dont la figure exprimait un chagrin profond. Sa balafre paraissait s'ouvrir et saigner à nouveau. On eût dit que c'était par cette cicatrice que ses larmes tombaient abondantes. Puis ce fut le tour de ses compagnons d'armes. Tous ces visages graves de soldats, fatigués du combat, lassés d'avoir, pendant deux jours et à profusion, semé la mort autour d'eux, visages hâlés, noircis encore de poudre et qu'éclairait la splendeur du ciel dont un reflet arrivait jusqu'à eux, se tournèrent les uns après les autres vers tante Victoire comme si elle les eût appelés.

Alors un flot de sang jaillit des lèvres de la mourante.

Elle n'eut pas d'agonie. Sa fin fut aussi douce que sa vie avait été sereine.

La victime que Dieu s'était choisie gisait dans une mare sanglante.

Gaston jette un cri effrayant, semblable à celui que Jacques avait poussé pendant la nuit fatale. Il étend les bras et tombe évanoui.

Tante Victoire lui avait subitement rappelé la vision de son crime.

En ce moment, il s'était cru meurtrier pour la seconde fois.

La nouvelle de cette mort se répandit avec la rapidité de la foudre.

Ce soir-là, ce fut deuil et tristesse à la 106e demi-brigade de bataille.

Chacun des survivants, et combien peu nombreux, voulut revoir encore une fois cette figure d'héroïne et contempler ses traits augustes que la mort avait souverainement embellis.

Pendant ce temps-là, Souvaroff franchissait le mont Saint-Gothard. Il trouve d'abord la brigade Gudin qui dispute le passage avec opiniâtreté.

Les soldats russes, mauvais tireurs, avancent et se font tuer. Ils tombent par pelotons sous les balles et sous les pierres.

Lecourbe arrive. Il laisse l'ennemi s'engager dans la vallée de la Reuss. Puis il se débarrasse de tout ce qui peut l'entraver ou l'arrêter dans sa marche, jette son artillerie dans le torrent, regagne la rive opposée, gravit des rochers inaccessibles, fait sauter le pont du Diable.

Alors s'ouvrit une bataille de huit jours, dont le champ fut constamment déplacé, mais que rien ne vint interrompre. La saison était rigoureuse, les chemins impraticables, des provisions rares... mais Souvaroff soutint la lutte jusqu'au bout. De toutes parts, les Français victorieux harcèlent l'ennemi. Ils l'écrasent sous des avalanches de rochers et le fusillent presque à bout portant.

Souvaroff ne cède le terrain que pied à pied,

...et le laissait couvert de cadavres, d'équipages de chevaux, de soldats mourants de faim et de fatigue.

Un jour, les grenadiers russes qui formaient l'avant-garde, épuisés, énervés, refusent de s'engager dans un étroit défilé que gardaient les colonnes françaises.

Leur général se porte au milieu d'eux, leur ordonne de marcher. Ils refusent d'obéir.

— Alors il fait creuser une fosse dans la neige et s'y couche.

— Allez, dit-il aux soldats étonnés, moi je reste ici. Je ne suis plus votre général. Voici mon tombeau, enterrez-moi et fuyez !

Émus jusqu'aux larmes, les Russes se précipitent au milieu du défilé et le traversent au prix de beaucoup de sang.

A Fluelen, où il comptait trouver la flottille annoncée, il n'y avait pas un bateau, mais accourait une armée victorieuse qui allait lui barrer le chemin.

Souvaroff était pris comme dans une souricière. Il fut réduit, avec huit mille hommes seulement, à s'enfuir à travers d'horribles montagnes.

Le 27 septembre, et selon son désir maintes fois exprimé, tante Victoire fut ensevelie dans ses vêtements de religion. Le soir, au milieu d'un concours de soldats qui lui rendaient les honneurs militaires, sa dépouille mortelle fut conduite à sa dernière demeure.

On lui éleva un monument très simple sur lequel on grava ces simples mots :

TANTE LA VICTOIRE
26 septembre 1799
*De profundis.*

Après cette funèbre cérémonie, on fit l'appel de la brigade...

Michaud, pour tous les absents, répondit :
— Mort au champ d'honneur !

Le nom de Chavernay fut prononcé à son tour.

Il s'était battu comme un lion et conduit comme un héros. Par son intrépidité, il avait entraîné les troupes au combat, et presque décidé du sort de la journée. Son nom était sur toutes les lèvres. On l'avait, à deux reprises, cité à l'ordre du jour. Son brevet de sous-aide devait lui être rendu.

En compagnie de Chauvigné, nommé colonel, de Michaud, nommé capitaine, de Jollivet, sous-lieutenant, on devait lui donner tous les honneurs. Il n'avait pas répondu à l'appel de son nom. Où était-il ? On le chercha partout. A l'ambulance, il n'y était pas. On l'avait vu sur la fosse de tante Victoire à deux genoux, priant et pleurant. On y courut. On ne trouva là que Bataille couché et mort de douleur ! Gaston Chavernay avait disparu...

## ÉPILOGUE

Le 8 août 1825, vers 10 heures du matin, sept voyageurs guidés par trois montagnards suivaient, à dos de mulets, le sentier raide et escarpé qui, à cette époque, conduisait encore par de nombreux lacets de Goschenen à Andermatt, en côtoyant les rives abruptes de la Reuss.

Le temps était magnifique. Les neiges éternelles du mont Saint-Gothard, sous les feux du soleil, s'illuminaient d'un éblouissant éclat. La rivière roulait ses eaux tumultueuses. Au milieu de rochers entassés, elle bondissait en mille cascades écumantes avec un formidable fracas.

Nos touristes admiraient, émotionnés, la sublime horreur du tableau qu'ils avaient sous les yeux. Devant eux, une immense crevasse au fond de laquelle c'est désordre et bouleversement. Tout y porte l'empreinte de la tristesse et de la désolation. Les rochers se dressent comme deux murailles perpendiculaires de la plus effroyable nudité jusqu'à des hauteurs inaccessibles à leurs regards. Des croix, plantées de distance en distance, forment comme un chemin de tristesse aboutissant à un douloureux calvaire. Elles rappellent le souvenir des nombreuses victimes englouties par les avalanches. Le sentier, au milieu des détours d'un vrai labyrinthe, franchit soudain le pont du Diable. Les voyageurs avaient mis pied à terre, laissant leurs montures à la garde des guides.

— Grand-père, disait une gracieuse jeune fille, quel spectacle !

Elle s'accrochait aux bras de ses deux frères, un jeune abbé et un saint-cyrien, et s'avançait toute tremblante.

Le grand-père, vieillard à la figure énergique, aux traits accentués, au regard doux et bon, boitait légèrement de la jambe droite. Il s'appuyait sur l'épaule d'un homme, un peu moins âgé que lui, qui avait la figure partagée par la ligne sanglante d'une large cicatrice.

Tous les deux avaient les cheveux ras, avec moustache et barbiche blanches.

Tous les deux portaient le ruban rouge à la boutonnière. Ils marchaient droits, la poitrine bombée, avec la tournure des anciens soldats de l'Empire.

— Mon général, le spectacle mérite d'être revu !

— Et admiré une seconde fois, colonel !

Derrière eux, et qui s'étaient attardés un instant, arrivaient un homme et une femme qui se donnaient le bras. Ils paraissaient jeunes encore, malgré des cheveux qui commençaient à grisonner. Ils avaient du bonheur plein leurs yeux et plein leurs sourires.

— Mère ! Venez donc voir, dirent les trois jeunes gens émerveillés.

Jacques et Simone répondent à l'appel de leurs trois archanges, Michel, Gabriel et Raphaëlla, leurs enfants bien-aimés, et viennent les rejoindre avec Chauvigné et Michaud, tous deux en retraite. La famille était partie d'Auxerre, où Jacques, pour succéder à son père, s'était établi médecin. Elle avait voulu faire un pèlerinage au tombeau de tante Victoire.

Depuis longtemps, les deux époux caressaient le désir de revoir les endroits témoins de leurs premières rencontres, de leurs premiers aveux, où ils s'étaient tant aimés, où ils avaient tant souffert.

Et puis, le général Chauvigné et le colonel Michaud avaient voulu initier à son métier de soldat Gabriel, leur favori, qui était depuis un an à l'école des officiers. Ils avaient tenu à lui expliquer, et sur les lieux mêmes, toutes les péripéties de la bataille de Zurich, et, « pendant qu'ils y étaient », lui montrer les gorges où l'armée de Souwaroff avait été anéantie.

— Mère, venez donc voir !

Et tout le monde était venu !

Dans la déchirure de la montagne, la Reuss bondit de chute en chute, lancée d'un rocher sur l'autre avec un bruit de tonnerre. De toutes parts repoussé, de tous les côtés brisé, le torrent s'indigne, s'exaspère, mugit, éclate, tourbillonne, rejaillit en écume, se pulvérise en vapeur, au milieu de laquelle les rayons du soleil se réfractent et scintillent en des milliers d'arcs-en-ciel.

— Vois-tu, disait Chauvigné à Gabriel, n'était-ce pas folie à Souvaroff de vouloir engager dans cette gorge une armée de 25 000 hommes ?

— Mais voilà, reprenait Michaud, il ne savait pas que Lecourbe était là, et croyait n'avoir affaire qu'à des clampins.

— De là-haut, ils en ont reçu des prunes et des pierres.

— Clampin ! pourrais-tu y grimper à ton tour ?

— S'il le fallait, certainement, répondit le saint-cyrien en tordant sa fine moustache. Ce que des Français ont fait, pourquoi ne le ferions-nous pas ?

Le guide s'avança :

— Voyez-vous ce nuage ? Il nous invite à monter ou à descendre, mais il ne faut pas rester ici. Le meilleur, c'est d'aller de l'avant.

Le vent devenait froid, le brouillard s'élevait de la vallée et commençait à envelopper les voyageurs. On se hâta de traverser le trou d'Uri pour atteindre Andermatt.

Mais voici que l'orage éclata, le tonnerre gronde avec furie, les éclairs sillonnent la nue, l'eau tombe en déluge. Les mules refusent d'avancer. Les touristes surpris, fatigués, haletants, glacés, ne savaient plus que devenir.

— Je connais un abri, dit un des guides ; à deux pas se trouve la caverne de l'Ermite.

On y courut. Dans l'obscurité qui s'était faite tout à coup, un vieillard apparut. Sa longue barbe blanche lui retombait sur la poitrine ; ses cheveux flottaient sur ses épaules ; sa figure émaciée n'était plus qu'un paquet de cordes ; ses yeux clignotaient, rougis et gonflés par les larmes. Il était vieux avant l'âge. On devinait qu'il avait longtemps souffert. Le jeûne, les macérations, les austérités de toutes sortes l'avaient affaibli. Il rassembla à la hâte les branches mortes sur lesquelles il prenait un peu de repos pendant ses longues nuits de veilles et de méditations.

Les voyageurs se séchèrent rapidement à ce feu clair et hospitalier.

Bientôt l'orage calmé leur permit de reprendre leur voyage. Déjà les guides avaient préparé les mules.

Soudain, la caverne fut éclairée par un rayon de soleil. Le visage de Simone, baigné par la lumière, était resplendissant.

— Tante Victoire ! s'écria le solitaire, qui l'avait regardée un instant ! Le bon Dieu m'a donc enfin pardonné !

Il tombe à deux genoux, il écarte les bras.

— Vous venez me chercher. La mort peut me prendre, votre Gaston est mûr pour le ciel !

Jacques accourait auprès de son ami. Chauvigné et Michaud pleuraient en le reconnaissant.

— Oh ! que nous vous avons cherché au lendemain de la victoire ! Nous vous avons cherché parmi les morts, parmi les blessés, à Zurich, à Bremgarten, partout. Êtes-vous ici depuis cette époque ?

Gaston ne répondait pas. Il avait poussé plusieurs fois ce cri :

— Pardon, mon Dieu ! Pardon !

Puis il était tombé aux pieds de Simone qu'il avait prise pour tante Victoire.

Michel s'approcha, leva ses mains sacerdotales sur ce front blêmi et lui donna sa première absolution.

L'Ermite ouvrit les yeux, prononça ce seul mot :

— Merci !

Il s'écroula sur le sol... Jacques se pencha sur sa figure, lui mit la main sur le cœur...

Gaston Chavernay, son ami d'enfance, venait de rendre le dernier soupir.

Michel, Gabriel et Raphaëlla allèrent prévenir le curé d'Andermatt.

Il accourut et raconta la vie que depuis vingt-six ans avait menée l'ermite du mont Saint-Gothard.

Chaque matin il assistait à la messe, se mettait à genoux à la porte de l'église dont il ne franchissait jamais le seuil que pour recevoir son Dieu, au jour de Pâques. Il se trouvait encore indigne de cette faveur. Il avait fallu le précepte pour le forcer de s'asseoir à la Table eucharistique.

Était-ce illumination de l'Esprit de Dieu, avertissement du ciel, mais depuis deux mois il avait modifié ses habitudes, il avait demandé à communier très fréquemment. Le matin même il avait voulu recevoir « son Viatique ».

Tout le monde le vénérait. On venait de loin prendre ses avis, lui confier ses chagrins et ses douleurs. On repartait toujours consolé ou guéri.

Les obsèques furent simples.

Sur la croix de pierre que Jacques lui fit élever, on put pendant longtemps lire ces mots :

*Ci-gît, en attendant la résurrection glorieuse, le corps de l'ermite du mont Saint-Gothard.*

Auxerre, 15 avril 1779.
Andermatt, 8 août 1825.

FIN

1297.11. — Imprimerie P. Feron-Vrau, 3 et 5, rue Bayard, Paris, VIII

# Lectures variées et Romans chrétiens.

### SÉRIE A 3 FR. 50 — FORMAT IN-4° CARRÉ

*Nombreuses illustrations.*

Cœurs vaillants, par PERROT D'ABLANCOURT. — 292 pages, port, 0 fr. 95, Relié, 4 fr. 50, et avec tranches dorées, 5 francs; port, 1 fr. 10.

Poupée, par BENOIT DE LESNEVALLE. — 233 pages, mêmes prix que le précédent.

Ruines et Mausolées japonais, par l'abbé MICHEL RIBAUD. — 190 pages, port, 0 fr. 80. Relié, mêmes prix que les précédents, port, 0 fr. 90.

### SÉRIE A 2 FR. 50 — FORMAT IN-12

*Couverture en couleurs et nombreuses illustratoins.*

Mes Campagnes à vélo, par RENÉ GAËLL. — 340 pages, port, 0 fr. 30.

Encore soldat, *l'Hôpital militaire*, par RENÉ GAËLL. — 284 pages, port, 0 fr. 25.

Le Chardon bleu, par LUCIEN DONEL. — 400 pages; port, 0 fr. 30.

Ma Sœur Anne, par LUCIEN DONEL. — 346 pages; port, 0 fr. 25.

Entre Cousins, *roman de caractère*, par GABRIEL D'AZAMBUJA. — 360 pages; port, 0 fr. 30.

Cœur de Père, par ROGER DES FOURNIELS. — 410 pages; port, 0 fr. 25.

Floréal, par ROGER DES FOURNIELS. — 420 pages; port, 0 fr. 25.

Jean Christophe, par PAUL DESCHAMPS. — 522 pages; port, 0 fr. 30.

Suzanne, par PAUL DESCHAMPS. — 500 pages; port, 0 fr. 25.

La Vie (scènes et saynètes), par le P. J.-H. LEROY. — 474 pages; port, 0 fr. 25.

Et ça! Lisez-moi ça! Et de quatre! Le Soc; La Brisure, par PIERRE L'ERMITE; port pour chaque vol., 0 fr. 30.

*Le port est double pour l'étranger.*